JN006466

愛されなくても別に

武田綾乃

講談社

愛されなくても別に
目次

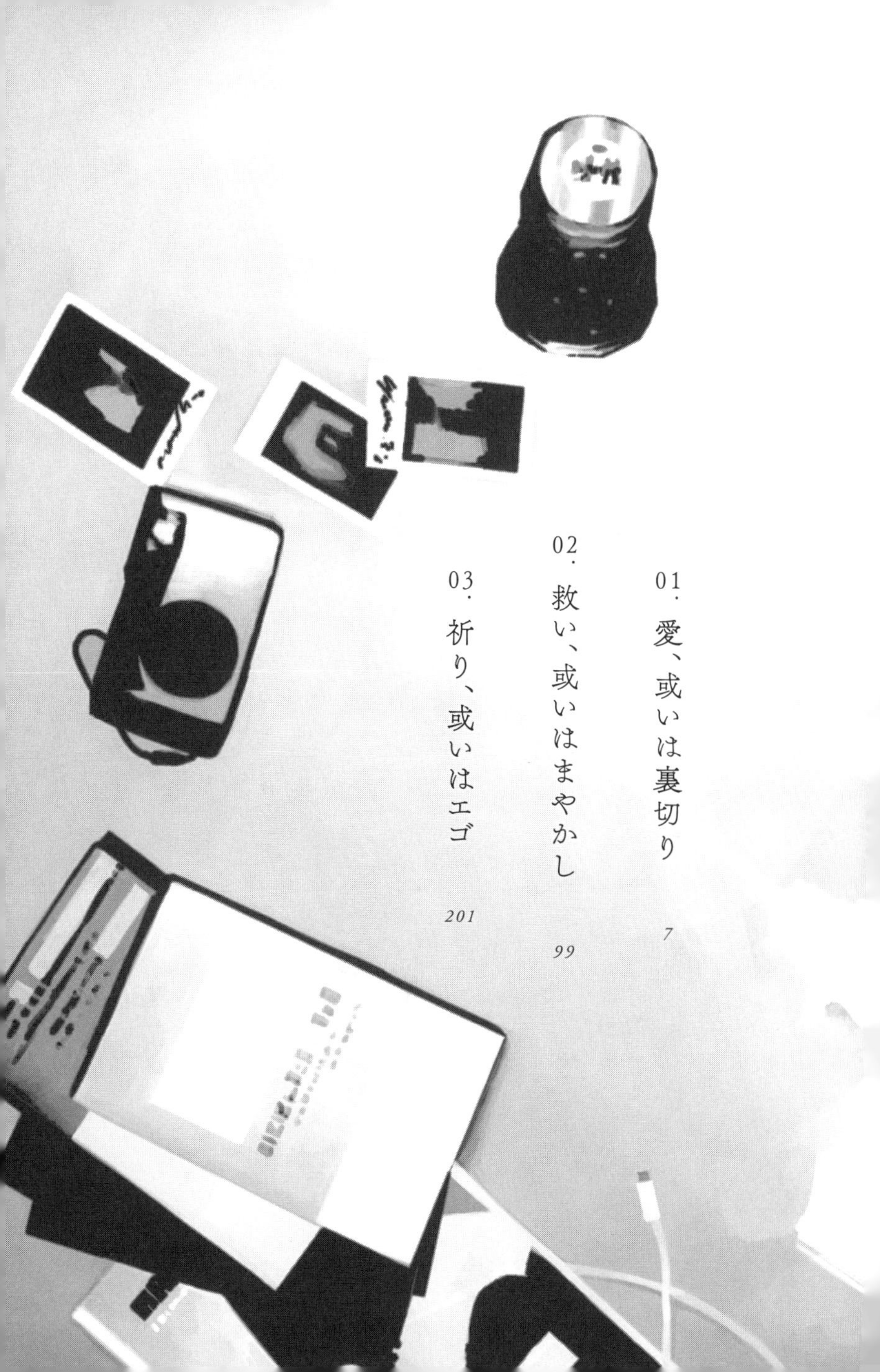

愛されなくても別に

01. 愛、或いは裏切り

（春）

二〇一九年四月二十五日現在、東京都の最低賃金は九百八十五円だ。全国平均は八百七十四円で、最低金額は鹿児島県の七百六十一円。

東京と鹿児島で同じバイトをしても、一時間あたりの賃金が違う。なんだってそうだ。経済活動なんてなんでもそう。平等だなんて口先だけで、隠す気すらない格差がそこら中に転がっている。

大学生同士の世間話に、こういうテーマは相応《ふさわ》しくないかもしれない。もしも私が社会への不満を声高に訴えたら、きっと明日から友達が減るだろう。いや、今のは嘘だ。最初から友達なんていないから、何をしようと減りようがない。

「すみません、前回の講義を欠席していたんですが、その際のプリントを頂いてもいいですか？」

　授業終わり。タイミングを見計らい、私は教壇に立つ教授へと声を掛ける。パソコンを操作していた年配の男は眉根を寄せると、わざとらしく溜息《ためいき》を吐《つ》いた。

「悪いけど、欠席者のフォローはしていないから。友達にでも見せてもらってください」

「いやあの、前回は胃腸炎で休みだったんですけど」

「欠席に理由とかないからね？　単位条件は出席率が七割を越えている、かつ試験で六十点以上とる。それ以外はどんな理由があっても認められない。分かった？」

「あ、はい。すみません」

　背中を丸め、殊勝に頷《うなず》く。その間、脳内では毒を吐くことを止められない。

　友達のいない人間は体調不良で休むことも許されないのか。現代社会に必要なものはやる気よりも学力よりも、コミュニケーション能力なのか！

　……なんてことを叫びたくなるが、胃腸炎というのは嘘だから素直に引き下がるしかない。我ながらクズだと自嘲しながら、私は教室内を見回す。

　私立大学のメイン校舎にある二十三番教室、収容人数は三百人。席は疎《まば》らに埋まっていて、大体百八十人ほどの学生が次の授業に向けた支度《したく》を始めている。同世代の人間がこんなにも存在しているのに、この中に友達と呼べる人間は一人もいない。

　コミュニケーション能力を求める社会が、今日も私を殺そうとしている。

教授に背を向け、私は教室を足早に出る。大学生の利点はこういうところだと思う。高校生の時と違って、一人でいても色々と誤魔化《ごまか》せる。

廊下に出ると、視界に飛び込んでくる人の波。パステルカラーのスカート。シフォン地のフリルブラウス。アイボリーのロングTシャツ。黒のスキニーパンツ。全くの他人なのに同じ服を着た人もいる。先ほどから連続して見掛けた白と紺のボーダーシャツは、ユニクロの今年の新作だ。

私は自分の服を見下ろす。白のカットソーに、スキニージーンズ。差し色のつもりで履《は》いている水色の靴下、黒のスニーカー。私がパリコレモデルのような体形か、もしくは整っているねと評される顔面を持っていれば、この服装もお洒落《しゃれ》だという評価を受けるのかもしれない。しかしながら現実は厳しい。服装について褒められたことは、大学生になってから一度もない。

私の大学生活を一言で表すなら、クソだ。こんな汚い言葉を使うのはやめた方がいいのかもしれないけれど、それ以外の言葉が見つからないのだから仕方がない。入学したばかりの去年よりも、私の暮らしのクソさは日に日に悪化している。じゃあ逆に、クソじゃない大学生活ってどんなものなのかしらん、なんて考えたりもする。

素敵な友達を引き連れて、学校に併設されている少し高めのフレンチレストランで千五百円のランチを食べられること？　それとも、サークルの友人たちと共に居酒屋で一人三千円の飲み放題付きのコースを頼み、水っぽいカシスオレンジを飲みながら冷めた唐揚げをつつくこと？　どっちも典型的なキャンパスライフであり、どっちもクソだ。私は両方好きじゃない。

　これではコミュニケーション能力がないと言われるのも仕方がない。自己分析は百点満点だ、問題なのはそんな自分を直そうとする気が微塵《みじん》も湧《わ》かないことだろう。

　歩く速度と同じテンポで脳内に流れるスケジュール。今日は二十二時から翌日四時まで駅から徒歩七分の場所にあるコンビニエンスストアでアルバイトだ。深夜帯は時給が千百円。今日は六時間だから、大体六千六百円稼《かせ》げる。普段は、八時間ほど働く。

　掛け持ちで週六のシフトを入れているから、八時間×六日、一週間で四十八時間。月では二百時間ほど働いている。バイトだけで月に二十万ほど稼げる計算だ。勿論《もちろん》、手取りではない。社会保険料や税金を引くと、大体十六万ほどになる。下手をするとそこらへんの社会人より稼いでいるかもしれない。

　遊ぶ時間？　そんなのない。

　遊ぶ金？　そんなの、もっとない。

　稼いだ金の内、八万は家に入れる。残りはほとんど学費で消える。文系の場合、私立大学の学費は四年間で大体四百万円。国立大学でも二百五十万ほど掛かる。貸与型の奨学金を借りてはいるが、手を付けてはいない。奨学金はあくまで保険で、卒業と同時に一括返済するつもりだ。なんせ、利子が怖いから。

　何のために私は大学に行くのだろう。ふとした瞬間、足が止まる。立ち止まって、もう歩き出したくなる。睡眠時間を削ってまでシフトに入る意味って何だ。こんなに苦しい思いをして、大学で学ぶ意味って何だ。悲鳴が心を押し潰《つぶ》す前に、私は意図的に思考を遮断する。高い志なんていらない。勉学に対する情熱もいらない。

私が大学に入学した理由はただ一つ、大卒の資格を得て就職するため。それだけだ。

私の働いているコンビニは、バイト先としてはかなり条件がいい。まず、客が少ない。半径二百メートル以内にコンビニが複数あり、他店に客を取られているせいだ。店長の胃は日に日に痛くなっているようだが、バイトの立場としては接客が少なく済んで助かっている。

制服に着替え、レジ前に立つ。今日のシフトは同じ大学の先輩である堀口《ほりぐち》と一緒だった。彼をお洒落だと思ったことはないが、お洒落だと思われたがっていることはひしひしと伝わってくる。明る過ぎる茶髪のせいで、眉毛の黒が浮いていた。

「宮田《みやた》ちゃんお疲れー」

「お疲れ様です」

深夜シフトでは、堀口とよく一緒になる。少しでも時給の高い条件で働きたい私と、客が少ない深夜帯を好む堀口とで、ニーズが重なっていることが理由だ。

堀口は華奢《きゃしゃ》な男だった。身長は百七十のところを、厚底のスニーカーを履くことで盛っている。今のご時世では珍しく、タバコとギャンブルを好んでいる。彼の吐息から漂う布団乾燥機みたいな匂いは電子タバコが原因だ。二年留年し、現在は大学六年生。ろくでなし大学生のイメージを具現化したような男だった。

　二人きりのコンビニで、彼はよくテレビやネットで仕入れた小さな怒りを私に見せびらかしてきた。彼は女が好きな癖に、フェミニストを嫌っている。

「この前さ、テレビで特集やってたよ。無人コンビニだって。完全に自動精算で買い物できるようになったら、俺らクビになっちゃうかもね」

「はぁ、そうですか」

「高校の授業の時にさ、産業革命って習ったじゃん？　その時に、クビになった従業員が工場の機械を破壊したってエピソードがあったと思うんだけど、俺、アレを思い出しちゃったね。俺らも革命時代に突入じゃんって。ＡＩに仕事取られちゃう」

「だとしても、どうしようもないですけどね」

「接客の仕事が全部機械に取られたら寂しくない？　俺は人間に接客して欲しい。機械にはない温もりがあると思うんだよね」

「スマホですらずっと使ってたら熱くなりますよ」

　私の言葉に、堀口が微《かす》かに眉を上げる。彼とのくだらない世間話は、暇つぶしにはちょうどいい。私は堀口のことは嫌いだが、彼との会話は嫌いではない。どんな会話をしようとも次に結びつかないことが互いに分かっているから。

「そういう意味じゃないって。もー、分かってて言ってるでしょ？　宮田ちゃんってそういうとこあるよね、ひねくれてるというか」

「そうですか？」

私なら、人間よりも機械に接客してもらいたい。自分が接客業をしているせいか、買い物をする時はいつも店員の目が気になってしまう。その点、機械相手なら楽だ。小銭を出すのに手間取ろうと、同じ商品を手に取って長く眺めていようと、嫌な顔一つされない。

「もし自分が年を取った時に、全自動おむつ取り換えマシーンがあったらどんなにいいかって思いますよ。生身の人間にやってもらうより気が楽です」

「ええ……そこで介護の発想に飛ぶ？　老後とか、まだまだ先の話じゃん？」

「先ってわけでも――いらっしゃいませー」

入ってくる客の姿をいち早く見つけ、私は挨拶《あいさつ》を口にする。部屋着のような格好をした男は棚を見ることなく、真《ま》っ直《す》ぐにレジへと向かってくる。その脇に挟まれた茶封筒と、赤い伝票。宅配の依頼、しかも着払いだ。私は胸ポケットからボールペンをさりげなく取り出す。

私が接客している間、雑誌を立ち読みしていた男が酒のつまみをカゴに入れてレジへと移動してきた。堀口がすかさず「お待ちのお客様はこちらへ」と誘導する。

深夜のコンビニは、静かに生きている貝みたいだ。貝殻の隙間から酸素が出入りするように、人間たちが入って出てを繰り返す。不思議なもので、客足というのは連動する。一気に押し寄せたと思ったら、ぱったりと途絶える。

空っぽになった店内では、繰り返し同じ放送が流れている。ネットでは知名度を誇るアイドルが元気いっぱいに商品を紹介していた。時刻は深夜零時、はしゃぐような笑い声を聞くのが辛い時間帯だった。

私はダストクロスを手に、店内の清掃を始める。ダストクロスとは床清掃用の器具で、この後に濡らしたモップで床を拭《ふ》き、最後にポリッシャーを使って床の光沢を維持する。大体、一セットで一時間ほど掛かる。

作業している私を横目に、堀口はぼんやりと時計を眺めていた。口寂しいのだろう、先ほどから何度も胸ポケットに手が伸びている。店内は禁煙だった。

「宮田ちゃんはさ、生きてて楽しい？」

「は？」

唐突に投げかけられた哲学的な問いに、私は眉を顰《ひそ》める。そんなことを聞いている暇があるならば、さっさと販売期限切れの商品の廃棄処理を行って欲しい。

「いや、バイトしまくってるからさ。俺みたいに金使いまくってる生活だったら理解できるんだけど、宮田ちゃんってあんまり浪費癖があるようにも見えないし、意味なく貯金してるのかなって。せっかくの大学生活だよ？　もっと楽しめば？」

「堀口さんみたいに留年してまで楽しむべきですか？」

「そうそう、ってなんでやねーん！」

明るく笑いながら、堀口が宙を叩《たた》く。彼の急に似非《えせ》関西弁になるところが、私は純粋に嫌いだ。

「マジのところ、なんでそんなにバイト入ってんの？　服とか化粧品《けしょうひん》に金掛けてる感じもしないし、なにか凄《すご》い趣味があるとか？　アイドルのおっかけとか、ゲームの課金とか」

「趣味なんてありませんよ」

レジ近くにあるカードの陳列に乱れがないかも確認する。オンラインコンテンツ用のプリペイドカードは、千五百円、三千円、五千円、一万円と種類がある。これを大量に買う人の目的は、大抵がゲームのガチャだ。ゲーム内で一回数百円のくじを、お目当てのキャラが出るまで引き続ける。クレジットカードの上限になっても出ない場合は、プリペイドカードを使って課金する。

射幸心を煽《あお》るのが上《う》手《ま》い娯楽は、人を破滅させることがある。この世界の仕組みがそうだ。依存させたら勝ちなのだ。

「使うものがないのに過労死寸前みたいな生き方してるの？　ま、女の子って生きてるだけで金掛かるもんね。俺の彼女もさ、全身脱毛したくて貯金してんだって。あれ、すげー金掛かるんだね」

「知らないですけど」

「俺も脱毛しようかなー。上も下もツルツルの男ってどうなんだろ、モテんのかな」

「どうでもいいですけど」

「でもすげー痛いらしいじゃん？　俺さ、女に生まれなくてラッキーって思うよ。剃刀《かみそり》で毎日足の毛剃《そ》るとかやってらんないだろうな」

「別に、毎日剃ってないですし。冬とかタイツ穿いてたら分かんないでしょうし」

「そんじゃあ寝るときどうすんの。彼氏にそんな姿見られたくなくない？」

「別に、彼氏いないので困らないです」

「もしかして宮田ちゃん、処女？」

　カッと顔が熱くなる。恥ずかしいと思う自分が恥ずかしい。恋愛経験がないことが、私の抱える最大のコンプレックスだ。

「だったら何ですか。っていうか、セクハラですよ」

「ごめんごめん。もし宮田ちゃんが希望するなら貰《もら》ってあげるよ、処女」

「気持ち悪い。堀口さんは冗談のつもりで言っているんでしょうけど、率直に言って不快です。勝手に私を抱く抱かないの対象にしないでください」

「本当ごめんって。代わりに俺の弟の童貞《どうてい》あげるから」

「そういう問題じゃないんですよ。あーあ、コイツどっかで痛い目に遭わないかな」

「心の声が漏れてるよ」

「わざとです」

　澄《す》ました顔でそう言えば、堀口はおどけるように肩を竦《すく》めた。

　性の話題は堀口の大好物だ。彼は全人類がそういった話題を愛していると思い込んでいる節があり、非常に迷惑している。

私は堀口が嫌いだ。だが、嫌いであるからこそ気安くコミュニケーションを取れている部分もある。何を思われても構わないから。そして堀口も多分、それを分かった上で私に軽口を叩いている。私と堀口は互いに互いをどうでもいい存在だと思っていて、それがこの妙な関係性が続く理由になっていたりもする。

悲しいかな、私が家族以外で最も一緒にいる時間が長いのが堀口だ。ダストクロスを握り締《し》めたまま、私は深く溜息を吐いた。

「私がバイトを入れているのは、生活費の為です」

「え？　宮田ちゃん実家に住んでるんでしょ？　金なんて溜まりまくりじゃん」

「そうでもないです。実家にお金入れてるんで」

「いくら？」

「八万円ですね。母親に言われて」

「はぁ？」

オーバーな仕草で堀口が身を仰《の》け反《ぞ》らす。

「なにソレ！　大学生なんてむしろ、小遣い貰う方じゃないの」

「それは堀口さんの家が裕福だからですよ」

咄嗟《とっさ》に反論したが、堀口は納得しないようだった。両腕を組み、不服そうに唇を尖《とが》らせる。

「そうは言っても、八万はないわ。宮田ちゃん、苦労してるんだね……。そりゃあ服とかにもお金掛けられないか。今までダサいって思っててゴメンね」

「失礼すぎますよ、さっきから」

「じゃあ宮田ちゃん、成人式とかどうするの？　俺の彼女は着物、レンタルするって言ってたけど。あれも金掛かるでしょ」

「成人式は出るつもりないです」

今年、私は二十歳になる。選挙権も十八歳で得られる現代社会で、高い金を払って二十歳のお祝いをする意味とは何なのだろうか。

自身の髪を軽く引っ張りながら、堀口はへらへらと軽薄に笑った。

「えー、でも着物姿の自分の写真、撮っておきたくない？　レンタルするなら今の時期だと遅いぐらいらしいよ。可愛い着物が他の人に取られるって彼女が言ってた。検討するくらい良くない？　親も着物姿の宮田ちゃんを見たら喜ぶでしょ」

親のことを持ち出されると弱い。私は軽く唇を噛《か》む。母親は着物姿の私を見て喜ぶだろうか。

「いや、ないと思いますよ。大体、そんなのにお金を使うくらいなら貯金したいですし」

「考え方が苦学生……そんなに貧乏だったらなんで私立大学なんて入ったの」

「私立の方が結果的に安くつくからです。本当は国立大学も受かってたんですけど、母が家から三十分以内の大学以外は許さないって」

「そんなことを理由に大学のランク下げさせる親とか、俺だったら考えらんない。俺なんて、なんとか今の大学入ったけど、二年も留年よ？　それでも授業料とかは親が出してる」

「それは堀口さんが恵まれているからですよ」

堀口は現在、二十四歳だ。四年プラスαの時間を費やし、来年ようやく卒業らしい。将来の夢はユーチューバーだなんて嘯《うそぶ》いているが、彼が動画を作っている話なんて聞いたことがない。進路はどうするのだろうか、というのが店長のここ最近の一番の関心事らしい。

「俺が恵まれてる？　宮田ちゃんは俺の事知らないからそう言えるんだって。俺、家ではめちゃくちゃ迫害されてっからね？　出来の良い弟のせいで」

「でも、学費を払ってもらってるんですよね？」

「学費を払ってくれたらいい親？　俺はそうは思わないけどね。金さえ払えば親の義務は果たしたって言えるわけ？」

「私はそう思いますけど」

「それはあかんって。宮田ちゃんは親に対して求めるハードルが低すぎるでー」

また下手くそな関西弁。私はフンと鼻で笑った。

「あ、俺のこと馬鹿にしたでしょ？」

「馬鹿にしてるワケじゃないですけど。堀口さんはどうして関西弁を喋るんですか、生まれも育ちも東京ですよね」

「関西弁ってカッコ良くない？　俺、方言に憧《あこが》れるんだよね。実家は東京なんだけど、それって特別感ないじゃん。だから家から出て一人暮らししたいなって思って。本当は関西の大学に行きたかったんだけど、普通に受験失敗してさ」

「だから関東の大学に？」

「そーそー。仕送りもらう貧乏学生だよ、深夜にバイトまでしてさ。ま、宮田ちゃんの苦学生っぷりには負けるけどね」

堀口が肩を竦める。緑と青のストライプの制服が彼のなで肩の形を美しく縁取っている。

床を見下ろし、私はダストクロスを動かす手を止めた。等間隔に並んだ白のセラミックタイルは清潔感をアピールするのに相応《ふさわ》しい。

「私、バイトは苦じゃないですけどね。働いたらきちんと報酬が出るんで」

「報酬が出ない仕事なんてある？」

「家事とか」

「あんなの楽勝じゃん。俺、一人暮らしになって、母親があんなに偉そうにしてたのってなんだったんだよって思ったよ」

「自分のための家事と他人のための家事は違いますからね」

「宮田ちゃん何人家族なの」

「二人です、母と暮らしてて」

「二人だけ？　じゃ、楽でしょ」

「そうでもないですよ。母はすぐに散らかすし」

家事をやってくれるかもしれないなんて期待は、とっくの昔になくなった。母親は怠惰《たいだ》だからと最初から諦《あきら》めた方が、余計なストレスを抱えなくて済む。本当は私だって家事なんて全然好きじゃないけれど、好きとか嫌いとかそんな甘えが許されるような環境で育っては来なかった。

マイナスをゼロにする仕事は辛《つら》い。家事を続けていると、自分の内側が蝕《むしば》まれていくような感覚になる。マイナスが続くと文句を言われるけれど、ゼロを維持したって誰も褒めてくれない。長所が見えにくく、短所が目立ちやすい。それってすごく、疲れる。

「俺、結婚するなら料理上手な人がいいな。家に帰ったら温かい風呂と料理が待っているような家庭がいい」

「そんなの、私もそうですよ。堀口さんが家事の出来る男になればいいんじゃないですか？　未来の奥さんが喜びますよ」

「えー、宮田ちゃんってそういうこと言うんだ。ぶっちゃけさ、俺は男と女の家事負担が平等なのって、生活全体の労働負担的には全然平等じゃないと思う。だって、男の方が社会で仕事してるじゃん。どう考えても」

「脳味噌《のうみそ》が旧型ですね」

「手厳しいなぁ。でもさ、思わない？　世の中は女性が優遇されすぎてる気がする。日本社会を見てみ？　総理大臣も男、議員も九割以上が男、社長も九割以上が男。負担の大きい大事な役職は全部男がやらされてる。これって男性差別じゃない？」

「それ、逆に女性が冷遇されてるって根拠じゃないですか？」

「冷遇って言われてもさ、今の時代に本当にそんなのある？　実力があったら女でも活躍できる社会でしょ、言い訳じゃん。むしろさ、レディースデイで安く映画見れて、レディースセットで安くランチ食べられて……男性差別の方が多い気がするんだよね。女は権利を主張しすぎだよ」

私の言葉が堀口の忌諱《きき》に触れたらしい。堀口の言葉に激しさが増す。反論する隙を与えてもらえず、私は悶々としながらも彼の話に相槌《あいづち》を打つ。社会的な話になると、堀口との会話はターン制になる。自分の番が来るまで、私は自分の意見を脳内で構成し続けるしかない。

「俺の父さんも言ってたよ。雇って、育成に時間かけて、ようやく戦力になったってところで寿退社されたらたまんないって。子供が出来た、やれ時短にしろ。子供の熱が出た、やれ早退させろ。そのくせ、出世の評価は男と同じにしてください？　そんなムシのいい話がある？」

拳《こぶし》を握り、堀口は吠《ほ》えるように叫んだ。制服に包まれた堀口の細い腕が激しく上下に揺れている。あの布を剝《は》いだら、枯れた木の表面にも似た青白い腕が出てくるのだろう。そしてさらにその皮膚を剝ぐと、真っ赤な血が溢《あふ》れだす。私の血の色と堀口の血の色が同じであることが不思議で堪《たま》らない。こんなにも違う人間なのに。

私の視線の冷たさに気付いたのか、堀口が血走っていた目をぱっと笑みの形に変えた。

「いや、宮田ちゃんみたいに女でもちゃんと頑張ってる子がいるってのは分かってるんだよ？　宮田ちゃんはちゃんとした女だって思ってる。たださ、俺は女だからって自分が優遇されることが当たり前って思ってるやつらが嫌いなの。男だって虐げられてるのに、なんで女ってだけで下駄を履かせなきゃいけないんだって思わない？」

ちゃんとした女とちゃんとしていない女。彼の中には線引きがあり、私はそこにいるだけで勝手に区分けされる。抱ける女と抱けない女、そうやって値踏みされるのと同じように。

頬に掛かる黒髪を、私は耳の奥へと押しやった。長い前髪は、こういう時に煩《わずら》わしい。

「そもそも私は、男と女のどちらが優れているかって考え方自体が変だと思いますけどね。犬と猫のどちらが優れてるかって議論するみたいなものじゃないですか。ただ、マジョリティ側は世界の仕組みの存在に気付きにくい部分はあると思いますよ」

「マジョリティって男？　女？」

「労働市場で言えば男性ですね。今の世界でいう男女平等って、女に男の真似をさせているように思うんですよね。労働の仕組み自体が昔の男性に適応する形で出来ているから、その環境でパワーを発揮できるのは当然男だろうし。でも男性は自分に適応した形になってることに気付かない」

「そうかな。俺的に、全然適応してる感じがないんだけど」

「そうですか？　男性は妊娠しないし、絶対に休まなきゃいけない期間がない。生理もないですし、女性に比べて体力もある。最近は少しずつ改善されてきましたけど、それでも子供の面倒は女が見るものっていう風潮はまだまだありますよね。女はマイノリティですよ。実際は女だけじゃなく、身体が弱い男や介護や子育てをしている男だって、マイノリティとして切り捨てられてるんでしょうけど」

自身の顎《あご》を擦《こす》り、堀口は軽く首を捻《ひね》った。「うーん」とその唇から小さな唸《うな》り声が漏れる。

「でも、身体の違いとかを理由に過保護にするのって、結局差別じゃんって俺なんかは思っちゃうけどなぁ。それに、女の意見が強い時だって絶対あるよね？」

「家庭活動の場合は昔の女性に適応する形で作られているから、女がマジョリティ側になってるとは思います。こっちでは逆に、女性側が無自覚に男性を冷遇してますよね。ワイドショーなんかでも、主婦が旦那の家事に文句言ったりするシーンはよく見かけますけど、逆だったら絶対に炎上するじゃないですか。まぁ、そもそも仕事は男、家事は女みたいな考え方自体が勝手な押し付けだとは思いますけど」

「じゃ、結局どうしたらいいわけ？　今の時代はさ、何しても差別差別って言われるじゃん。男は悪者で女は正義の味方みたいな攻撃され続けたらさ、こっちもやんなっちゃうよ。男だって生き辛いのにさ」

「差別ではなく、区別は必要だと思いますよ。更衣室の仕切りを無くすことが男女平等だとは思えませんから。多分、男だろうと女だろうと、自分がマジョリティ側になったら見えないものが増えるんですよ。権力を持つと、もっと色々と見えなくなる。だから虐げられている側の人間が主張することは、最終的にみんなの生活を良くすることに繋《つな》がると思います」

「その主張が正当ならね？　無茶苦茶な主張も多いじゃん。自分の主張が通ることで快感を得るクレーマーとか、ネット社会だと多いしさ。もう日本はお先真っ暗だよ。あーあー、この国に未来はない」

堀口との議論は大抵、この言葉で締めくくられる。堀口は絶対に自分の考えを改めないし、私も私で改めないので、果たして議論と呼んでいいのかも怪しい。生産性がないことは分かっているが、それでも私が毎回律儀に付き合ってしまうのは、私自身も社会への鬱憤《うっぷん》のようなものを吐き出したがっているからに他ならない。

社会的な話は楽しい。語っている間は凄いことをしているような気分になるし、それに何より、家で放置されているであろう洗濯籠の存在を思い浮かべなくて済む。

あ、と不意に堀口が壁に掛かった時計を見上げた。

「俺、一時に上がるから」

「中途半端な時間ですね」

「今日は十七時から入ってるからねー、八時間労働だよ。はー、本当はバイトなんてさっさと辞めたい」

「辞めたらいいじゃないですか。仕送りがあるんでしょう？」

「それだけじゃ小遣い足りないもん。俺、ファッションにはこだわりあるから」

見せびらかすように、堀口が腕に嵌《は》めた時計を蛍光灯の光に翳《かざ》す。知識がないせいで私には判断できないけれど、銀色の時計は恐らく高級ブランドのものなのだろう。

腕時計をしている割には時間を確認するのは壁掛け時計を使うんだな、と私は先程の彼の行動を思い出す。彼にとって腕時計とは、時間を見るためのものではないのかもしれない。

「今年は友達とマレーシアとインドネシアに旅行行くし、彼女の誕生日もそろそろだし、とにかく出費がやばいんだよ。俺は金を使うために金を稼いでるわけ」

「そうですか」

「宮田ちゃんも自分のためにお金使いなよ。ほら、美容院に行って髪の毛染めちゃえば？ずっと黒髪って飽きるでしょ」

「別に飽きないですけど」

「ふーん。宮田ちゃんって、俺の周りに全然いないタイプの女子だわ。付き合っても金掛からなそう」

「どうですかね、付き合ったことがないので分からないです」

「アクセサリーとか絶対ねだらないタイプじゃん。俺の前の彼女なんかさ——」

そこで不自然に堀口の言葉が途切れたのは、自動ドアが開いたからだ。鳴り響く入店音に、反射的に「いらっしゃいませ」と挨拶が口を衝《つ》いて出る。

視界に入る、綺麗に色の抜けた金髪。髪の隙間から覗《のぞ》く耳たぶには、シンプルな黒のピアスがぶら下がっている。色素のない眉の端を僅《わず》かに持ち上げ、彼女は「ども」と唸るような挨拶を口にした。私は「お疲れ様です」と言い、堀口は「お疲れー」と砕けた口調で言った。その気安い態度こそが、彼のなけなしのプライドのようにも見えた。

江《え》永雅《ながみやび》。先週からここでバイトを始めた女で、私とは同じ大学、同じ学科、さらには同じ学年だ。

江永はスキニーに黒シャツというシンプルな格好のまま、バックヤードへと消えていった。「そろそろ交代の時間か」と堀口が白々しい口調で言う。

「宮田ちゃん的に、江永さんとはどう？　仲良くなれそう？」

「あまり。無口な人なので」

「だよねぇ。俺ともあんま喋ってくれないし」

私と堀口は揃《そろ》ってバックヤードの入口を見遣《みや》る。初対面の時から私のことを馴れ馴れしく『宮田ちゃん』と呼んでいた堀口だが、江永にはさん付けだ。意気地なしと罵《ののし》ってやりたいところだが、堀口が江永に怖気《おじけ》づいてしまう気持ちも分かる。

江永雅からはむせ返るような嘘の香りがする。思わず鼻を押さえたくなるような、安っぽい香水の匂いだ。瞼《まぶた》の縁を隙間なく塗りつぶすアイラインも、コーティングされた長い睫毛《まつげ》も、他者を威嚇《いかく》する装備品のように私には見える。

彼女とは関わり合いにならない方がいい。威圧的な金髪、威圧的なメイク。社会への反抗心を大袈裟《おおげさ》に見せびらかす、甘ったれた子供みたいに見える。

制服に着替えた江永がレジへと出てくる。その耳の穴をふさぐ、ワイヤレスイヤホン。彼女はいつも、音楽を聴きながら仕事をする。

「じゃ、俺はそろそろあがるわ」

そう言って堀口は逃げるようにバックヤードへと引っ込んだ。私も逃げたいところだが、仕事だから仕方がない。

「よろしくお願いします」

軽く会釈《えしゃく》した私に、江永はちらりと一瞥《いちべつ》をくれただけだった。店長が来る朝四時まで、しばらく二人っきりだ。

「あの、私これから品出しするんで、レジ番お願いします」

声を掛けると、江永は右耳のイヤホンだけを抜き取り、「え？」とハスキーな声で聞き返した。

「レジ番お願いします！」

「あー、はいはい。わかった」

江永は再びイヤホンを装着し、レジ前で地蔵のように立ち尽くしている。彼女に他の仕事は頼み辛い。出そうになった溜息を呑み込み、隙間が目立つ商品棚を見つめる。

江永に頼むより、自分でやった方がよっぽど早い。江永と関わることの煩わしさと自分の疲労を天秤《てんびん》に掛け、私はすぐさま後者を選んだ。


バイトが終わり、家に帰ったのは午前五時前だった。朝日を背負いながら玄関の扉を閉める。脱ぎ散らかされたパンプスを揃えて置き、そこで堪え切れなかった欠伸《あくび》が漏れた。チュンチュンと響く小鳥の鳴き声。早朝の住宅街は静かだ。眠りの気配がうっすらと残っている。

今日の授業は三限から六限。開始時刻は十三時で、解放されるのは二十時前になるだろう。そこからまたコンビニでアルバイトだ。

思考しているうちに、瞼はどんどんと重くなった。背中に張り付く睡魔が、生気をどんどんと吸い取ってしまう。靴下を脱ぎ、カーペットの上で横になる。一つに結っていたヘアゴムを取り、手首に嵌める。化粧を落とさなければ、と思う。だけど、クレンジングシートに手を伸ばすことすら億劫《おっくう》だった。

硬い床の感触を身体の側面に感じながら、自分は何をやっているのだろうと思う。使い古した靴底みたいに、自分の精神がどんどんとすり減っていくのを感じる。

マイナスをゼロにする作業は辛い。だけど私の人生は、延々とその繰り返しだ。

「ねえ、ごはん作って」

身体が揺さぶられる感覚。ヘアスプレーを吹き付けたばかりの甘ったるい匂い。冷えた体温が私の二の腕を摑《つか》み、揺らす。込み上げる吐き気。今日もまた、一日が始まってしまう。

左目だけを開け、光に目を慣らす。デジタル時計に表示されていたのは午前七時、寝始めてからまだ二時間しか経っていない。

「おはよ」

視界に入り込むように、女がこちらへ微笑《ほほえ》み掛ける。日の光に透ける茶色の髪が彼女の白い上半身に掛かっている。バラ柄の刺繡《ししゅう》が入ったレースのブラジャー。寄せ上げられた胸の肉が、鎖骨の下にくっきりとした谷間を作っている。着替えの途中なのだろう、藍色のレギンスパンツはオフィスカジュアルな装いなのに、上半身は下着のままだ。最近通い始めたというジムの成果か、腰回りのラインはくびれていた。

成人間近の娘がいるとは思えない、美しい女だ。彼女が自分の母親であることが、幼い頃は自慢で仕方がなかった。だが、私が子供から大人になったのと同じように、母もまた年を重ねた。皮膚から透ける青い血管や、首に浮き出る皺《しわ》が、彼女の年齢を感じさせる。

「陽彩《ひいろ》ったら、また化粧落としてない。そんなずぼらだからアンタは彼氏ができないのよ」

母はそう言って、クレンジングシートを自分の指に巻き付けた。そのまま、私の頬を強く擦る。摩擦から生じる痛みに、私の意識はようやく覚醒《かくせい》した。

「お母さん、痛いからやめて」

「ねえ、早くごはん作って。ホットサンドが食べたい」

「はいはい、分かったから」

「ハムとチーズに、キャベツもいれてね。あと、珈琲《コーヒー》も飲みたい」

それぐらい自分でやってよ。喉まで出掛かった言葉を、すんでのところで呑み込む。危ない、面倒なことになるところだった。

吐き気を押さえようと、蛇口から水を注ぐ。常温の水分が食道を通り、じんわりと胃の中に広がる。大丈夫、今日も頑張れる。

冷蔵庫の扉を開けると、整理された保存容器の山。母は二日連続で同じ食事をすることに耐えられないから、小分けにして常備菜を保存している。使いやすいように下ごしらえした野菜の空間を圧迫するように、発泡酒の缶が大量に並べて置かれている。母親の毎晩の晩酌用だ。保存容器を一つ取り出すと、出汁醤油《だしじょうゆ》だけとなっていた。母が昨晩のつまみに煮卵を食べ、空になった保存容器を冷蔵庫に戻したのだろう。彼女にはそういうところがある。麦茶の入ったボトルだって一杯にも満たない量しかないのを冷蔵庫に戻すし、そのくせ中身が無くなると癇癪《かんしゃく》を起こす。流し台に持って行ってくれるだけで随分と楽になるのに。

「ねえ、まだ？」

すぐ後ろから、母の乾いた声がする。不機嫌になる直前の声だ。

「いま作るから」

「最近、陽彩って色々と手を抜き過ぎじゃない？　私が言う前にごはんくらい準備しておいてよ。大学生だからって調子乗ってるでしょ」

「乗ってない乗ってない」

八枚切りの食パンを取り出し、ホットサンドメーカーにセットする。パンの表面にはそれぞれマヨネーズを塗っておく。薄いハムを置き、その上にチーズをのせる。千切りにしたキャベツを零《こぼ》れないようにのせ、最後にもう一枚のパンをのせる。

両面、それぞれ二分ずつ。焦げないようにコンロを中火にセットし、その間にインスタントの珈琲を入れる。珈琲の粉末の入ったボトルを開けた瞬間、香ばしい匂いが立ち上がってきて、私は一瞬息を止めた。パンの焼ける匂いも、珈琲の匂いも、何もかもが私の胃をいじめる。朝は嫌いだ、２ＤＫの家に食べ物の匂いが充満するから。

私たち親子が住んでいるのは築三十一年の二階建てアパートの一室だ。家賃は諸々《もろもろ》込みで六万円。最寄り駅からは徒歩十八分で、四十六平米、風呂トイレは別。ダイニングとキッチンが一体化していて、片方の部屋は母の、もう片方の部屋は私のものになっている。昔は寝室と物置として使っていた。

ここに住み始めたのは、私が小学一年生の時に両親が離婚してからだ。それから父親は音信不通になり、母親は何度か恋人を替えた。両親が離婚した明確な理由は知らない。ただ、二人が不仲であったのと、揃いも揃って浪費癖があったのは間違いない。二人が喧嘩《けんか》するところを見る度に、幼い私はさっさと離婚してくれないかなと思っていたから。

ジュウー、とパンの焼ける音に、私は慌ててホットサンドメーカーから中身を取り出す。布団が取られて単なる机と化しているコタツ机の上に、私は皿とカップを載せた。母親はスマートフォンでゲームをしながら、「ありがと」とだけ言った。いつもの朝の風景だ。

母親が朝食を食べている間に、脱衣所に散らかされた洗濯物を回収する。傷みやすいものはネットにいれ、タオルなどはそのまま洗濯機へと放り込む。高級ブランドのスカート、三足千円の靴下、高級ブランドのシャツ、近所のスーパーの二階で買ったＴシャツ。どちらが母のものでどちらが自分のものか、生地の感触だけで分かる。このシャツは見たことのない品だ、どうせまた新しく買ったのだろう。

母は「高級な服は手洗いして」と言うが、今のところ洗濯機で洗っているとバレたことは一度もない。ブラジャーは洗濯機にかけると変形してすぐバレてしまうので、洗面台で手洗いする。母にとって下着は戦闘服だ。彼女の身体を最も美しく見せる為の装備品。若い男の手が、母の下着を剝ぎ取る光景が勝手に脳内再生される。

小学二年生の頃、私は母が恋人とセックスしているところを目撃したことがある。あの時は性行為の存在を知らなかったから、男の下で喘《あえ》ぐ母を見て恐怖した。乱れた髪、母の身体を這《は》いまわる浅黒い手。嗅ぎ慣れた母親の香水の匂いが、鼻の裏側にこびりつくような性の臭いと混じり合って吐き気がした。

扉の隙間越しに男がこちらを見る。母は私に気付いていなかった。男は得意げに口端を釣り上げ、笑った。自分の有り余る力を誇示するように。男の下で、母が鼻から抜けるような声を漏らした。

私は扉の前から逃げ出し、そのままトイレへと駆け込んで泣いた。ただひたすらに恐ろしかった。夜に生まれる獣《けだもの》二人が、私の人生を滅茶苦茶に破壊してしまうところを想像した。芳香剤の安っぽいミントの香りが狭いトイレに充満している。日常を象徴するような、むせかえるほどの爽《さわ》やかな香り。それを繰り返し嗅ぐことで、私は平穏を取り戻そうとした。翌朝、母も男も恐ろしいくらいに普段通りだった。だから私は何も知らない子供を演じた。母に愛されるために。

結局、母はその男と一年で別れた。男の浮気が原因だった。

手の平に触れる、滑《なめ》らかなポリエステルの質感。洗濯籠の底から出て来た自分の下着に触れた途端、白昼夢のような回想から目が覚めた。思い出したくない、忌まわしい記憶だった。重くなった肺から空気を抜くように、私は強く息を吐き出す。

　私の下着はタンクトップとブラカップが一体となったブラトップばかりなので、そのまま洗濯機に放り込める。このまま洗濯を済ませたいところだが、今の時間だと近所迷惑になってしまう。床に落ちている髪の毛も気になる。掃除機をかけたいが、まだ時間が早すぎる。世間の常識が、私の日常を一つ一つ縛っていく。

「陽彩！　陽彩！」

　名を呼ばれ、私は慌ててダイニングへと向かう。先ほどまで不機嫌そうだった母親は、一転して笑顔になっていた。「見て」と彼女がスマートフォンの画面を向ける。可愛い女の子が描かれたゲーム内カードのイラストだった。キラキラとした背景演出の下に、星が五つ並んでいる。

「期間限定ウルトラレア！　これ、持ってないと勝てないのよ」

「そうなんだ」

「もっと感動してよ。一回のウルトラレア排出率は三％で、さらにその中でこのカードが出る確率は〇・七％よ？　凄くない？」

　母がこのスマホゲームにハマったのは去年からだ。交際相手の影響らしい。それまではゲームをしたことすらなかったのに、今ではガチャを引き、期間限定のイベントもこなす。

「俊也《としや》に自慢しなきゃ」と母はいそいそとスクリーンショットした画像を彼氏のＳＮＳに送

り付けている。十歳年下の新しい彼氏はきっと母の望む反応を寄越すのだろう。

私は床に置かれた鞄を見る。エルメスのバーキン、の精巧な偽物。本物は百二十万円らしい。私の一年間の学費より高い。

スマホをいじる母親の隣に、足を崩して座る。クレンジングシートを抜き取り、顔を拭《ぬぐ》う。そのまま、何でもないような口振りで私は切り出す。

「お母さん、成人式のことなんだけど」

「成人式？　まさか行くつもりなの？　着物を借りるつもりじゃないわよね」

出鼻をくじかれ、私は咄嗟に首を横に振る。

「いや、行かなくてもいいと思ってる。出るとしてもスーツかな。入学式の時に買ったリクルートスーツ」

大学生になる前に、バイトで稼いで買ったスーツだ。着る機会がほとんどなく、箪笥《たんす》の肥やしになっている。

「そうよそうよ。大体ね、今時そういう古いしきたりにこだわるなんてナンセンスよ。アンタ、着物借りたらいくらか分かってんの？　前撮りにヘアセットまで入れたら二十万ぐらい掛かるでしょ、馬鹿らしい。あんなのやるのは着物業界に騙《だま》されてる人間だけよ」

母はスマホを机に置き、立ち上がった。そこにはまだホットサンドが半分以上残されている。

「食べないの？」

「もうお腹いっぱい。残りは陽彩が食べていいわよ」

食欲はない。それでも、捨てるのは勿体《もったい》ない。すっかり冷めたホットサンドの隅っこを齧《かじ》る。私の朝食は大抵、母親の残飯だ。別に、母がそれを強制しているわけじゃない。いつの間にかそういう役割分担になっただけ。母はきっと、私のことを残り物が好きな奴だと認識している。

母は机の上に鏡を置き、リキッドファンデーションを手の甲で広げている。ブラシで毛穴を隠し、パウダーを叩《はた》き、眉を引く。飛んでくる粉がホットサンドに掛かる。母はそれに気付きすらしない。

ブラウンのペンシルで眉尻を描く。その後、パウダーでふんわりとした眉に仕上げる。アイシャドウは念入りに、口紅は春の新作のブロッサムピンク。化粧を施した母は余所行《よそゆ》きの女の顔になる。

「それじゃあ、母さんはそろそろ仕事だから。部屋、片付けといてね」

「うん」

母は立ち上がろうとし、途中でその動きを止めた。彼女の手がおもむろにこちらへ伸び、乾いた指が私の頬に添えられる。真っ直ぐな眼差《まなざ》しを私に注ぎ、彼女は毎朝の決まり文句を言う。

「愛してるわ、陽彩」

そうだろうとも。彼女の愛を疑ったことなんて、これまで一度たりともない。

偽バーキンにスマホを押し込み、母は今度こそ立ち上がる。

「その珈琲、飲んでいいから。それじゃ、行ってくるね」

「行ってらっしゃい」

玄関の扉が閉まり、施錠される音が聞こえる。私はホットサンドを呑み込み、生ぬるい珈琲を一気に飲み干す。

食器を洗う、洗濯機を回す、掃除機をかける。仮眠をとって、シャワーを浴びて学校へ行く。脳内で今後の予定を組み立て、それに沿って動き出す。

ゴム手袋を嵌め、スポンジを使って洗剤を泡立てる。人工的なオレンジの匂いが狭い台所に広がり、それだけでなぜか涙が出そうになった。胃の底で、チクチクとした痛みが波打っている。

先ほど使った包丁が、泡まみれになっている。このまま腹部を刺したらどうなるんだろうと、ふと思う。そしたら、大学もバイトも休めるのだろうか。もう頑張らなくてもいいのだろうか。

泡の隙間から、切っ先が見える。使い込んだ鉄の色だ。パンだって、ハムだって、なんだって切れる。買ったばかりの頃に比べて切れ味は悪くなったけれど、それでも私の皮膚ぐらいは簡単に突き破れるだろう。包丁の持ち手を握る。脳内で繰り返される、腹部へと刺すイメージ。溢れだす衝動。発作のような欲望。刺せ！　と声高に心臓が叫ぶ。泡が静かに剥がれ落ち、刃が露わになる。悪夢みたいに美しい色。そこに映り込む、ぼんやりとした自分の影。肌色のシルエットしか持たない私が、私を見ている。侮蔑に満ちた目で、私を見ている。

ハッ、と息が漏れた。全部くだらない妄想だ。子供じみた現実逃避。私は水道の蛇口を捻り、泡まみれの食器に水を掛けた。

今の状況は、元を辿《たど》れば全て私が選んだことだ。

母は私が大学に行くことに反対していた。高校卒業後にすぐに働けと言われ続けたが、高校時代と同じように月に八万円ずつ入れること、学費は自分の責任で支払うこと、家から三十分以内の大学に通うことの三つを条件に、なんとか説き伏せることができた。

奨学金を借りることを勧めてきたのは母だ。アルバイトだけで学費を払うと言った私に、病気やケガで働けなくなった時の保険が必要だと、珍しく冷静な声で彼女は言った。奨学金が振り込まれる口座の通帳と印鑑は、母に預けてある。私に何かあった時に備えてだ。

母は家の中だとダメ人間に見えてしまうが、社会に出るとそれなりの地位を持つ大人だ。会社員として長く働き、女手一つで私を育ててくれた。年収は四百万円程度。父と暮らしていた頃に比べ、決して裕福な家庭ではなかった。それでも母のおかげで現在の私がいることは間違いない。母の浪費癖が無ければもっと生活が楽なのかもしれないと思う時もある。だが、小言を言うと不機嫌になるのは過去の経験で実証済みだ。私はありのままの彼女を受け入れるしかない。

母が私を愛してくれているように、私も母を愛している。間違いなく、愛しているはずだ。

洗い終わった食器を乾燥機の中へと並べ、ようやく熱のこもった手袋を外す。私の世界は狭く、その中心にいるのはいつだって彼女だった。

欠伸というのは、どうして勝手に漏れるのか。頬杖を突いたまま、手の平の位置だけを少しずらす。口を完全に覆い隠し、今度は思う存分欠伸をする。口を大きく開けると、ガクッと顎の骨が動くような感覚があった。歯を食いしばる癖がありますね、と歯医者に言われたことがある。それが原因の病気らしい。治療の方法もあるらしいが、悪化しても死ぬわけじゃないからそのままにしている。

生活に余裕がないと、たくさんのことをほったらかしにしてしまう。未来に起こるかもしれない悪い可能性の芽を摘むことは、今日のバイトで得られる数千円に負けてしまう。

口を軽く開け、上の歯と下の歯の隙間を意識的に作る。講義開始十分前だというのに、教室は既に人で溢れていた。『中国語応用Ⅰ』の授業は、大体百人ほどの人間が集まる。第三外国語として選べる言語はたくさんあったが、その中で選んだのが中国語だった。理由は特にない。ただなんとなく、役に立ちそうだったから。

講義を受ける時は基本的に、私は最前列を選ぶ。話を熱心に聞きたいからではなく、後方列になるほどハズレの学生に当たるからだ。彼らは授業中であっても友達と話したり、スマホゲームをしたり、とにかく騒がしい。それになにより、そういったうるさい学生からは独特の匂いがする。ヘアワックスの香料を一緒くたに混ぜ込んだみたいな、『明るい大学生』の匂いだ。遠くから漂ってくる分には受け入れられるが、間近で嗅いでしまうと吐き気がする。

「あの、ここ座っていいですか」

隣の席が、がたんと揺れた。椅子《いす》に掛かる生白い手は視界に入っていたというのに、考え事をしていたせいで反応が遅れた。

「あの」ともう一度彼女が言葉を繰り返す。気の強そうな声だった。ショートカットの黒髪に、シルバーフレームの丸眼鏡。真面目そうな見た目は、この大学では逆に目立つ。彼女に漠然と見覚えがあったのは、授業で何度も見掛けた顔だからだろう。名前も知らない、性格も知らない、ただ顔だけを知っている人間が大学にはたくさんいる。

「あぁ、どうぞ」

私の言葉に、彼女は備えつけられた折り畳み式の椅子に浅く腰掛けた。その途端、ふわりと独特の香りが私の鼻腔《びくう》をくすぐった。珍しい匂いだ。無意識の内に、スンと鼻が鳴った。どこか懐かしく、複雑な香りだった。夏の日差し、靴下越しに感じる床板の感触——脳裏に次々と浮かび上がる記憶の断片は、どれもが盆休みのものだ。どうしてそんなものを思い出したのか。首を捻るより先に、ひらりと閃《ひらめ》く。これはお香の匂いだ。

私の家にお香を置く文化はなかったので、そうしたものを嗅ぐ機会は盆休みに墓参りのついでに寺へ行った時ぐらいだった。目の前の彼女からは、記憶の中のそれと似た匂いがする。わざとらしいくらいに神秘的な匂い。

そんな私の分析も知らず、隣の彼女はファイルを開いている。プラスチック製の表紙にはシンプルに『木村《きむら》』とだけ書かれていた。

「ちょっと質問なんだけど、一般教養Ⅲってとってます？」

「とってますけど」

木村はファイルのページを捲《めく》る手を止めて、訝《いぶか》しそうにこちらを見た。誰かに頼るのは嫌だが、背に腹は代えられない。単位の為だ。

可哀想な学生を演じるように、私は軽く背を丸める。

「実は、先週の授業を用事があって欠席しちゃって。もし良かったらプリント、撮らせてくれません？　あの授業に友達がいなくて」

嘘ではない。本当は、どの授業にも友達なんていないってだけだ。

木村は首を捻り、顔だけをこちらへ向けた。

「それって、私に得なことあります？」

面と向かって言われるには、なんとも強烈な言葉だった。この子も友達がいなそうだ、と勝手に共感を覚える。

「得なことはないし、ダメもとで聞いてみただけです。ダメならノート屋で買おうと思ってましたし」

「ノート屋？」

　木村の眉間に皺が寄る。ノート屋というのは大学の近くにひっそりとある、講義で使用されたプリントや授業内容を記したノートのコピーを販売している店のことだ。買取条件が意外と厳しく、綺麗なノートでないと買取拒否されるらしい。私も一度は小遣い稼ぎしようかと思ったが、内容に欠けがあると買取してくれないと聞いて諦めた。

「あんなの利用しちゃダメでしょ、不正だよ不正」

　相手の口調が急に砕けたものになったことに驚く。眼鏡のレンズの奥で、木村は鋭く目を細めた。真っ白なシャツの袖口から、ガラス製のブレスレットが覗いている。透き通っていて、キラキラしていて、やましいことなんて全くありませんと主張するみたいな色をしている。

「ああいう存在は許しちゃダメ。転売ヤーと一緒、利用する人がいるからああいう悪い奴らがのさばるの」

「でも、ウィンウィンの関係じゃない？　お金を稼ぎたい人と、授業を休んで困ってる人。両方が助かる」

「そうやって自分さえ良ければってズルする人のせいで本当に正しく頑張ってる人が不利になるんだよ。大体、貴方は——えっと、名前は？」

　律義に名前を聞くところに、彼女の生真面目な性格が表れている。好ましいのと煩わしいのが紙一重な気質だなと思いながら、私は「宮田」と端的に答えた。

「宮田さんは、なんで授業を休んだの」

「バイトのシフトを入れられちゃって、休めなかったから」

「そんなの、自己責任でしょ。大学に支障が出るバイトなんて辞めたらいい」

「そしたら別のバイト先を探さなきゃいけなくなるし。今のバイト先は深夜にたくさんシフトを入れられるから助かってるの。お金を稼がないと、何にもできなくなるでしょ？」

「なにそれ。バイトバイトって、そんなのが言い訳になると思ってるの？　お金お金って、ホント卑しい。大学生の本分は勉強なのに」

　卑しいという言葉選びに啞然《あぜん》とする。お金を稼ぐことに対して、そのような発想になる意味が分からなかった。

「あー……分かった。木村さんには頼まない。別の人に頼むからさっきの頼みは忘れて」

「頼める人がいないから私に声を掛けたんじゃないの」

　うっ、と思わず声が漏れた。図星だ。

「そうやってなんでもかんでも好き勝手やる人がいるから、真面目な人が迷惑するの。勉強するために高い学費を払っているんでしょう？　じゃあ、そうやってズルするのは勿体ないって思わない？　宮田さんが休んでいる分、宮田さんが支払っている学費は垂れ流しにされてるようなもんなんだよ。大体――」

　くどくどくどくど、と木村は最前列で説教を続ける。よくもまあ、初対面の相手にここまで偉そうなことを言えるものだ。同級生の説教を有難く拝聴する義理なんてあるはずもなく、私は早々にかぶりを振った。

「はいはい。とにかく、ノート屋では買わない。本気で知り合いがいないってわけでもないし」

「じゃあ誰が知り合いなの」

「それは、」

睨《にら》みつけられ、私は頬を掻《か》く。記憶の引き出しを漁《あさ》るも、友達と言える相手はいない。だが、ここで名前を挙げなければ木村の説教は続くだろう。引き攣《つ》った唇が、私の理性を裏切った。脳の浅い部分に引っ掛かっていた名前がポロリと口から零れる。

「江永さん」

バイト先が同じだし、知り合いと言っても嘘ではないだろう。私たちの関係は親しいという表現から隔たった場所にあるけれど。

「江永って、江永雅？」

木村が動揺したように瞳を揺らす。その顔が大仰にしかめられた。

「まさか宮田さん、あの子と友達なの？」

「別に友達ってわけでもないけど」

私の返答に、木村が安堵《あんど》の息を吐く。如何《いか》にも自分は善人だという顔をして、木村は眼鏡を掛けなおした。

「なんだ良かった。あの子とはあんまり関わらない方がいいよ」

「どうして？」

「知らないの？　有名な話なのに」

そう言って、木村は急に声量を落とした。伝言ゲームでもしているかのように、表面上は畏《かしこ》まって、しかし実際は興奮を隠し切れない様子で彼女は語った。

「江永さんのお父さん、殺人犯なんだって」

「殺人犯？」

「そうそう。江永さん、あんな感じでしょ？　高校じゃ有名人だったって同じ学校の子が言ってたらしいって友達の友達から聞いたよ」

「へぇー」

また聞きにも程がある。だが、興味深い噂だった。

世の中には色々な人間がいるから、罪を犯したことのある親だって当然いるだろう。だが、殺人犯というのはかなりのレアだ。ウルトラレア！　とはしゃいでいた今朝の母親の声が一瞬だけ脳裏を過《よ》ぎる。

「そういうわけだから、江永さんに頼るくらいなら私がプリントの画像を送ったげる。連絡先教えて」

「それは助かる」

木村の気が変わらないうちに、私はそそくさとスマホを取り出す。ＳＮＳのアカウントＩＤを教えてもらい、私は『ともだち』に登録した。彼女のＳＮＳのアカウント名は『木村』

だった。

「木村さんの下の名前は？」

世間話程度のつもりだったが、木村は露骨に嫌そうな顔をした。苛立《いらだ》った時の癖なのか、彼女は自身の黒髪の端を引っ張る。

「死んでも言いたくない」

「なんで？」

「別に。人間には知られたくないことの一つや二つはあるでしょ」

そう平然と言ってのける彼女に、私は思わず苦笑した。先ほどの自分の言動を忘れてしまったのだろうか、それとも最初から気にしていないくらいに面の皮が厚いのか。

「木村さんが江永さんを毛嫌いしてるのって、親が殺人犯だからってだけ？」

「だけって何、だけって。殺人犯なんだよ？　ありえないじゃん、近付いたら魂が穢《けが》れるよ」

寒気がするとでも言いたげに、木村は自身の二の腕を擦った。剥《む》き出しにされた感情は他人事な嫌悪だった。

「とにかく、宮田さんも江永雅には気を付けて。大学なんて危ないことでいっぱいなんだから。犯罪だってあるし、何に巻き込まれるか分からないんだよ」

「宗教勧誘とか悪徳ビジネスとかね」

軽口を叩くと、木村は「馬鹿にしないでよ」と唇を尖らせた。

その日の深夜バイトのシフトは、タイミングが良いことにまた江永と同じだった。いつもなら早々に別行動を取るが、今日の私は一味違う。レジカウンターから一歩も外に出ることなく、それとなく江永の様子を窺《うかが》う。彼女はいつものように音楽を聴いていた。

レジカウンターの奥にコッソリと隠したエナジードリンクを飲み干し、眠気をなんとか追い払う。錆《さ》び付いていた心臓がバクバクと軋《きし》みながら動き始める。こんな生活を続けていたら過労死するんじゃないの、と思う。もしかすると自分はそれを望んでいるのではないか、とも思う。私の日常生活は、緩やかな自殺みたいなものだ。

深夜帯のバイトは日中よりも楽で助かるが、客がいない分、沈黙が目立つ。レジの小銭を補充しながら、私は「ンンッ」と咳払《せきばら》いをした。会話を投げかけるのに違和感のない話題を、脳をフル回転させて絞り出す。

「江永さんってさ、成人式は出るの」

反応はなかった。私は顔を江永の方に向ける。棚にもたれ掛かり、江永は軽く首を上下に揺らしている。リズムに乗っていることだけは理解した。

今度はもう少しだけ、大きい声で尋ねる。

「江永さんってさ、成人式は出るの」

自分に向けられた声だと気付いたのか、江永が左耳のイヤホンを引き抜いた。ワイヤレスイヤホンを制服の胸ポケットに入れ、彼女は軽く首を傾《かし》げた。

「ごめん、もう一回言ってくれる？」

同じ台詞を三回繰り返すのも馬鹿らしく、私はいくらか言葉を省略した。

「成人式に行くかって聞いた」

江永は目を丸くし、それからゆっくりと瞬きした。オレンジの口紅が塗られた唇が三日月形に歪《ゆが》み、その隙間から並びの悪い歯が覗いた。

「珍しーね。宮田が声を掛けて来るとか」

いきなり呼び捨てにされ面喰《めんくら》う。だが、ビビッていることがバレたくなくて、私は何でもない態度を装った。わざとタメ口を使って返事をする。

「そうかな」

「そーじゃん。これまで何回かシフト同じになったけど、喋り掛けてくんなオーラ凄かったし。アタシ、絶対嫌われてると思ってたんですけど」

そう言って、江永はぱかりと口を開けて笑った。不機嫌そうなところしか見たことがなかったから、あどけない表情に心の薄暗い部分をブスリと刺された。込み上げる後ろめたさに、頬が勝手に熱くなる。真っすぐに彼女を見ていられなくなり、私はガラス壁を通して外を見遣った。誰も来てくれるなと思った。

「嫌ってるってわけじゃないよ」

だが、避けていたというのは事実だ。江永のようなタイプは近付き難《がた》い。

「そーなの？　でもさ、同じ大学で同じ学科で同じバイト先なわけじゃん？　それなのにこれまで話さなかったってことは、それもう、意図的でしょ。仲良くしたくないって気持ちが、宮田にあったのは間違いない」

「それを言ったら江永さんもそうじゃない？　話し掛けてこなかったし」

脱色を繰り返して傷んだ金髪が、江永の頬に掛かっている。それを指先で払い、彼女は「むむ」と子供っぽく口をすぼめる。

「それはねー、遠慮よ遠慮。宮田みたいな真面目そうな子はアタシみたいなちゃらんぽらんな奴が嫌いだろうから、慎ましーく黙ってたの。というか、むしろどういう心変わり？　まさか本気でアタシが成人式に行くかどうか聞きたいわけじゃないっしょ？」

江永は軽く顔を傾け、もう片方のイヤホンも引き抜いた。彼女の耳朶《じだ》にはハンバーガーの形をした安っぽいピアスが刺さっていた。

「確かに、成人式についてはどうでもいい」

「ほらやっぱり」

「ただ、江永さんに興味があって。仲良くなりたいって思って」

「なんで？」

「江永さんのお父さんが殺人犯だって聞いたから」

その瞬間、江永の笑顔は凍り付いた。睫毛に縁取られた白目の中で、黒の瞳がぎゅうっと収縮する。

「あはっ」と彼女は喉につかえたような笑いを零し、如何にも可笑《おか》しいと言わんばかりに腹部を押さえて下を向いた。肩を震わせながら「あはっ」ともう一度笑い声を発し、彼女が再び顔を上げる。笑顔から強張《こわば》りが取れ、不自然さが消えていた。

「その話、今更聞いたの？　有名な話なのに。宮田って友達いないんだね」

「うん、本気でいない。一年生の時に、『アンタらとの飲み会で三千円払うなんて金が勿体なさすぎる』って言ったら誰も話し掛けてこなくなった」

「そんな尖ったことしてたの？　見た目の割に強気じゃん」

「だって事実だし。飲み会行かなきゃ三時間バイトしなくて済む」

入学式直後の出来事だ。オリエンテーションで後ろの席に座っていた女子三人組に声を掛けられ、速攻で断った。それ以降、私に声を掛ける人間はいない。悪評が出回ったのか、もしくは私抜きで学科のコミュニティが完成してしまったのかもしれない。

「宮田が凄いシフト入ってることは知ってるよ。堀口が呆れてたもん。はー、でもそうか。宮田は悪い奴に惹かれるタイプなのか。男も悪人がタイプ？」

「恋愛には興味ないから」

「マジ？　じゃ、友情に興味ある感じ？」

「というか、不幸な人に興味があるの」

江永は絶句し、それから「ぶはぁっ」と勢いよく噴き出した。置いているパイプ椅子に座り、愉快で仕方ないとアピールするように足を大きく踏み鳴らす。

「そんなこと言い出したら人間オシマイじゃん。ヤバい、クズの極み」

「だって、幸せな人とは分かり合える気がしないし」

「笑える。こんなに性格悪い奴、久しぶりに見た。ヤバいヤバい」

親指の関節で涙を拭い、「あー、笑った」と江永は満足そうに呟いた。

「じゃ、宮田は不幸なんだ。ま、あんだけシフト入ってる時点でお察しだよねー。いっつも目が死んでるし。何？　家族に問題あるとか？」

「無いとは言えない」

だが、あるとも言えない。暴力を振るわれたことはないし、母から愛されていないわけでもない。私を苦しめるものが、もっと分かりやすい不幸なら良かったのに。そしたら私は堂々と自分が可哀想だと言い張れるのに。

「ね、宮田って一人暮らし？」

「実家に住んでるよ、お母さんと二人で住んでる。悪いだけの人でもないよ、彼氏はコロコロ替わるけど、ちゃんと働いてるし。稼ぐ金よりも使う金の方が多いってところが欠点ってぐらい」

江永は脚を組み、「毒親っぽーい」と茶化すように言った。

「一緒に住んでるんだったら、親は大事にした方がいいね」

「なんで？」

「だって、お互いにいつでも殺せるじゃん。怒らせるの、よくないよ」

その一言で、彼女が家族というものをまるで信頼していないことを理解する。その事実が嬉しくて、少し悔しかった。江永の方が、私よりよっぽど不幸な境遇の中を生きてきたように感じたから。

　不幸さでは負けたくないという無駄なプライドが、私の心臓をざわつかせた。

「宮田、めっちゃバイトしてるよね。いくら稼いでんの？」

「ひと月二十万くらい。コンビニと、あとは短期バイト。長期休暇だったらもっといくけど」

「なんで身体売らなかったの」

「えっ」

　反射的に声が出た。侮辱されたのかと思った。だが、当の江永はこちらの反応にキョトンとした顔をしている。

「一番手っ取り早いじゃん、金稼ぐのに」

「そうだけど、普通はそんな発想にならないよ」

「そ？　仕事の一つじゃん。客にどこまで許すかってラインはあるけどさ」

「江永さんって風俗で働いてたの？」

「んー、店とかで働いたことはないけどね。全部ＳＮＳ使ってたし。あ、これが所謂《いわゆる》個人事業主ってヤツ？」

「絶対違うと思う」

「まぁとにかく、色々やったよ。中学の時にお母さんにやれって言われてさ、ずっとそうやって生活費を稼いできた。最初はマジで嫌で嫌で仕方なかったけど、もう……なんというか、慣れだよね。今はＳＮＳもあるしさ、上客捕まえられたら宮田のバイト代くらい稼げちゃうよ」

ふふん、と江永が得意げに鼻孔《びこう》を膨らます。私は思わずこめかみを押さえた。刺激的な内容過ぎて頭が痛かった。最低だと思った。そんな親は、最低だ。

不意にフラッシュバックする、あの日の濃いミントの香り。母の上に伸《の》しかかる男の血走った目。

あの手がもし自分に伸びていたら？　想像しただけで身震いする。

「じゃあ、なんで今はコンビニバイトしてるの？」

「そういうことから足を洗おうって決めたから。実はさ、この前、客に首を絞められたんだよ。その客がマジヤバくてさ。意識飛んで、死にかけて。で、目を覚ましたアタシにソイツがなんて言ったと思う？『上乗せして払うからもう一回』だって」

そう吐き捨てた彼女の首筋を、私は思わず見てしまう。元々の色なのか、それとも日に焼けたのか、彼女の肌色は柔らかなブラウンに近い。

「リスクがあるって頭では分かってたんだけどね。金払わずに逃げる奴もいるし、殺人に巻き込まれる可能性もあるし。病気になるかもしんないし、そもそも違法だし。だけど、自分の身に分かりやすい形で危険が降りかかってきて、初めて本気でヤバイって思った。こんなのやってらんねーぞって。それで辞めることにしたの、死んだら金使えないし」

「私は無理だよ。そんな仕事、一回でも耐えられない」

「そ？　でも、それで飯食ってる人間もたくさんいるわけじゃん。アタシがそうだけどさ。そうやって、お母さんを食わせてやってた」

「そこまでされたのに、江永さんはお母さんのことを好きだって思えたの？」

　江永は腕を組み、「うーん」と演技染みた唸り声を上げた。眉間に皺を寄せ、如何にも考えていますよ、という表情を彼女は浮かべる。

「好きというより、当時は情で支えてたよね。でもまぁ、今はもう知らない。あの人とは他人になったの。アタシ、親を捨てたから」

「捨てた？」

「連絡先も全部変えて、住所も教えず、一人暮らし始めたの。高校生の時さ、アタシが大学に行くって言ったら、あの人に死ぬほど反対されて。大学に行くならヤバい写真をネットに晒《さら》すぞって脅されてさぁ。まさかリベンジポルノを母親にされるなんてって感じじゃん？それで、ぷちーんってきて、家から出た。もしかしたら、アタシの裸写真がネットで公開されてんのかもね、笑える」

「全然笑えないよ」

　なんでそんなことをへらへらと笑いながら語ることができるのだろう。そもそも、彼女の言葉はどこまでが真実なのだろうか。江永の語りに登場するのは最低な母親だけで、父親の存在感が欠片《かけら》も無い。

「本当の話だよ」

私の胸の内を読んだように、江永は言った。軽やかな口調だった。

「全部本当。宮田に話したのは、別に、アタシにとって隠したい過去じゃないから。こんなの、ネタだよネタ。こうやって誰かに話して消費しないと、元がとれないでしょ」

「元って何の」

「親に搾取されちゃった、アタシの人生の」

その感覚は、私には上手く呑み込めない。ただ、江永の持つエピソードは強烈過ぎて、私程度の境遇ではちっとも太刀打ちできないことだけは理解した。なんだ、私は彼女に比べたら全然可哀想じゃない。そのことに慰められている自分と、落胆している自分がいる。

私はまだマシだ。そう思いながらも、自分の人生が世間から見て最低最悪でないことに絶望する。クズの極みと江永はさっき私に言ったけれど、その評価は正しい。私は私のことにばかり夢中で、誰かを思いやる優しさに欠けている。

「こういうことベラベラ喋っちゃうから、高校とか大学じゃ避けられまくってるんだよね。ま、学校だけが世界の全てじゃないし、友達多いから気にしてないけど」

「江永さんって友達多いんだね、意外」

「多いよ？　そこは宮田とは違うかな」

失礼な台詞《せりふ》だが、事実なので仕方がない。私は昔から友達がいない。バイトの時給と友達と過ごす時間を天秤に掛けて、いつも前者を選んでしまうからだ。

中学の頃も高校の頃も、大学生になってからもそうだ。身の回りにいる学生たちは誰もが恵まれていて、しかもそのことに無自覚だった。彼らが自虐のつもりで発する言葉に勝手に傷付き、気付けば距離を取っていた。

　江永は椅子から立ち上がり、レジを見下ろした。

「バイト先をコンビニにしたのはここなら安全かなって思ったから。少なくとも首を絞められる可能性はないし。でもさ、強盗来たらマジヤバいよね。死ぬときは宮田と一緒だ」

「ここでバイトして二年目だけど、今のところ強盗は来てないよ」

「生で見てみたいよねぇ、コンビニ強盗」

「私は絶対に嫌だけど」

「そ？　強盗も仕事の一つじゃん」

「それは絶対違うと思う」

　私の指摘に、江永はゲラゲラと大声で笑った。

「宮田さ、今のアタシが良いヤツで良かったね」

　良い奴なんだろうか、と私は首を傾げる。江永の長い指が、彼女の長い前髪を掻き上げた。ちらりと流し目。その仕草の艶《つや》っぽさにドキリとする。

「昔のアタシだったら、父親の話された瞬間に半殺しだよ。あ、でもここまでストレートに聞かれたら、やっぱ今と同じように気に入っちゃってるかも」

「私、江永さんに気に入られてるんだ」

「じゃなきゃこんなに長時間喋んないって。アタシ、嫌いな奴はシカトするから」

「なんで気に入ってくれたの？」

「そりゃ、不幸なヤツが好きなのはアタシも同じだからね」

んふふ、と鼻から笑いを漏らし、江永は背後に並ぶタバコ棚を見上げた。タバコにはそれぞれ数字が割り振られていて、客は自分の欲しい銘柄を数字で店員に告げるシステムとなっている。セブンスターだとかアメスピだとか、カタカナで言われたってこちらにはちっとも伝わらないのだが、『なんで分かんねーんだよ』と怒る客もたまにいる。

「江永さんはタバコ吸わないよね」

「なんで断定系？」

「だって、タバコの匂いがしないから。代わりに香水の匂いがキツイ」

「アタシ臭い？」

「…………」

「正直に言えって」

「近くにいたらたまに頭が痛くなる」

「マジ？　ショックだわー」

自身の手首を鼻に近付け、江永はスンスンと鼻を鳴らしている。だが、過剰に気にされると申し訳ないような気分になる。小さい頃から私は異常なほどに鼻が利《き》いた。多分、嗅ぐという行為が好きだったせいだ。

一番好きだったのは、小さい頃に父親が洗濯してくれたタオルの香り。父親は洗剤を少なめに入れるから、人間の纏《まと》う匂いが衣類に強く染み付いていた。母親のTシャツの襟首《えりくび》も好きだったし、父親の靴下も好きだった。臭いけど癖になる、生きている人間が発する匂い。

誰かが汗を掻いた時に発する獣みたいな匂いも、雨の日の地下鉄のかびたような匂いも嫌いじゃない。私が苦手なのは、人が纏う人工的な香料だ。香水も制汗剤も複数混ざると辛いし、柔軟剤の香りも強すぎると吐き気がする。

「宮田は匂いしないよね。無臭だよ」

「というより、江永さんの鼻がおかしくなってるんじゃないかな。香水の付け過ぎで」

「可能性はある。というか、他人の匂いとかヤってる時以外で気にしたことなかった」

自動ドアが開き、入店音が響く。久しぶりの客だった。パーカーを着た中年男性はほとんど陳列されていないおにぎりコーナーを物色し、結局焼酎のカップ酒だけを手に私のレジへとやって来た。

「年齢確認商品です。お手数ですが、画面をタッチしてください」

流れる電子音声に従い、客は黙々と画面に触れる。酒やタバコを購入する際は、『あなたは二十歳以上ですか?』という画面に対して、『はい』のボタンを押さなければならない。その他にも、コンビニには客の年齢を分析するシステムがいくつかある。一番面倒なのはレジについた年代別ボタンの処理だ。『三十代女性』やら『五十代男性』やらのボタンを会計の度に押さなければならない。他人の年齢なんて分からないから、私はいつも勘で済ます。

「ありがとうございました」

商品を手渡すと、客はそそくさと店を後にする。その指が震えていたのを思い出し、店を出たらすぐに飲むのだろうかと考える。私はまだ十九歳だから、酒を飲んだことがない。

再び無人になる店内。満ちた沈黙を破ったのは、江永の方だった。

「宮田ってさ、奨学金借りてる？」

「借りてるよ、一年で百万円。四年で四百万」

「利子付き？」

「利子付き。でも、卒業時に一括返済するつもりだから、利子のことはあんまり考えてない。今のところバイト代だけで学費払えてるし、奨学金には手を付けてないよ。保険だと思って借りてるだけ」

奨学金に手を出していないというのは、私のちょっとした自慢でもあった。自力で人生をやっていけている証だからだ。

江永は自身の唇に人差し指を押し当てた。アイラインで強調された両目が、私を鋭く射抜く。

「それ、誰の口座に入ってる？」

予想外の質問だった。一拍置いて、私は答える。

「私の口座だけど」

「ちゃんと残ってる？」

「えっ」

頬が引き攣った。目の前の相手は何を言っているのだろう。江永は私の腕を取ると、制服の上から揉み込むように軽く握った。「ごぼうみたいな腕じゃん」と小馬鹿にしたような台詞を、彼女は至って真摯《しんし》な態度で言った。

「宮田を見てるとさぁ、昔の自分見てるみたいでムカついてくる」

「私のこと気に入ってるんじゃなかったの？」

「気に入ってるからムカつくの」

江永の親指と人差し指が、くるりと私の手首に巻き付く。自分でも、痩《や》せていると自覚があった。腹部は抉《えぐ》れるようにくびれていて、あばら骨が微かに浮いている。胸も江永みたいに大きくない。小学四年生の時からＴシャツのサイズは変わっておらず、ブラジャーだって本当は必要ない。Ａカップよりさらに小さく、僅かなふくらみがあるだけだ。多分、ちょっと肉付きの良い男なら私よりも胸があると思う。

胸がないことは私のコンプレックスであり、救いでもあった。自分が女であることを極端に自覚しなくていいからだ。私は自分が女であることから逃げたかった。男になりたいわけじゃない。だけど、女にだってなりたくない。——母親のように、なりたくない。

「警戒した方がいいよ。親なんて、結局は他人なんだからさ」

鼻歌交じりにそう言って、江永は私から手を離した。袖口から伸びる右の手の平を、私は開いたり閉じたりを繰り返す。別に、信用しているってわけじゃない。だけど母親は、最後の一線だけは守る人だった。江永の母親みたいにヤバい写真をネットでばらまくなんて娘に言わない。浪費を繰り返そうと、娘の金には手を出さない。

「宮田って化粧下手くそだから隈もバレバレだしさ、超絶不健康児って感じ。宮田が今、毎月二十万もバイトで稼ぐ必要って、本当にあんの？」

心臓がバクバクと拍動している。肋骨《ろっこつ》の辺りがチクチクと痛み、空っぽな胃が収縮する。この感覚には覚えがある。身体が悲鳴を上げているサインだ。江永の視線が、私の後ろにある空き缶を捉える。カフェインがたっぷり入ったエナジードリンクが、今日の私の晩御飯だ。

「無理中毒には気をつけなよ」

「なにその中毒」

「無理してる自分に酔っちゃうって時ない？　忙しいとさぁ、頭使わなくていい方に流されることあるじゃん。ちょっとでも自分の頭を使うくらいなら、もういいか、みたいな。忙しいの気持ちイイし、みたいな」

「いや、気持ち良くはないけど」

「本当にそうかぁ？」

「……否定はしきれない」

「あはっ、素直じゃん」

上を向く長い睫毛が、彼女の両目に影を落とす。雲の切れ間から月が覗くみたいに、江永の双眸《そうぼう》には光と闇が混在していた。

「不幸中毒にも気を付けないとね」

ぷん、と濃い香水の香りが漂う。甘ったるい、作り物めいたフローラルの匂い。イイ香りが、江永雅の本当の体臭を掻き消している。

「ねえ、江永さんって本当に私と同い年？」

「あれ、言わなかった？　アタシ今、二十一だよ。今年で二十二」

「そうなの？」

思わず声が裏返った。年上であることよりも、二年浪人してまでも大学に通っているということが意外だった。

「そうそう。だから、今年の成人式には行かない。っていうか、二十歳の時も行かなかったし。地元に友達いないしね」

「江永さん、ここら辺の出身じゃないの」

「違う違う、四国出身」

「それにしては訛《なま》りがなさすぎない？」

「だって自分で矯正したもん、東京育ちって思われたくてさ。高二の時に中退して、一人暮らしするぞってこっち来て、そっから金貯めて、高卒認定試験受けて、それでようやく大学入学よ。時間掛かったー」

木村が語った江永の噂の内容がやたらと遠回りだったのも、関東と四国という物理的な距離が原因だったのかもしれない。江永にとって、自分の高校時代を知る人間がこの大学にいたのは想定内だったのだろうか。それとも言葉通り、過去を知られることに頓着《とんちゃく》していないのだろうか。

「学費はどうしたの？」

尋ねた私に、江永は赤い舌をちらつかせた。

「自分で稼いだよ。首を絞められたりしながらね」

コンビニを出た時には、外は既に明るくなりつつあった。透き通った水色に、じんわりと広がる黄色。新聞配達員が一つ一つポスティングする音。早朝にだけ感じられる、社会の浅い息遣い。

スニーカーの底が、アスファルトで舗装された地面を何度も擦る。私はこれから家に帰るが、大多数の人間はこれから職場や学校へ向かう。駅からほど近い場所にある住宅街を、私はわざと足音を立てて歩いた。綺麗な外装の家の前には、高級車が何台も止まっている。

あの後、江永は私に色々なことを話してくれた。趣味はカラオケ。三ヵ月前に彼氏と別れて以降、付き合っている相手はいない。だが、家に泊まる男友達は何人かいる。ブランドものには興味がないが、プレゼントされる分には嬉しい。換金できるから。酒に弱いが、セックスの前は必ず飲む。素面《しらふ》で抱かれるのが嫌だから。

江永の過去を知れば知るほど、彼女が女であることを意識する。女であることのメリットとデメリットを貪りながら、江永雅という人間は今日まで生きてきたのだろう。

私は今まで、彼氏が出来たことがない。同級生が『昨日彼氏とヤッた』なんてはしゃぎながら話しているのを、いつも遠くから聞くだけだった。だから、私がこれまで経験してきた性的な接触というのは、電車内での痴漢くらいだ。

人生で初めて痴漢に遭ったのは、中学一年生の時だ。学校から帰るために電車に乗った。時間的に電車は空《す》いていて、私はシートの一番端に座った。そして次の駅で乗り込んできた男が、何故か私の隣に座ってきた。大学生くらいの、ごくありふれた身なりをした若い男だった。他の席も空いているのに、と私は困惑した。だが、移動したら相手を不快にさせるかと思い、私はその場にとどまった。

数駅を過ぎ、目を閉じた男がこちらに寄り掛かってきた。私は端の席に座っていたから、それを受け止めることしか出来なかった。疲れて眠っているのだろうかと私は能天気に考えていた。寄り掛かって来られたことに対して不快だとは思わなかった。警戒心なんて欠片も抱いていなかった。

男の手が動いていることに気付いたのは、それからしばらくしてからだった。組まれた腕の下側、左手の甲。指の付け根の、少しごつごつした部分。それが、私の身体の側面を辿るようにゆっくりと移動していた。腹部にあったものが、徐々に上がって来る。私の腹部を通り、それは遂に胸へと到達した。男の手の甲が、シャツ越しに私のブラジャーに触れている。

私は息を止めた。勘違いだろうか、と思った。自意識過剰なせいで、寝ている男の行動を意識し過ぎているのだろうか。馬鹿みたいだ、私みたいな貧相な身体の女が痴漢なんてされるはずがないだろう、そう思いたかった。だが、すぐに現実に否定された。

　男の手が、ゆるゆると上下し始めた。ブラジャーの範囲を意識して撫《な》でているのは明らかだった。手の動きは徐々に大胆になり、やがて胸に手の甲を強く押し付けてくるようになった。男がますますこちらに寄り掛かる。座席の壁と男の間で挟まり、逃げ場がない。間近に聞こえる鼻息は荒かった。それでも、男は寝ている体《てい》を崩さなかった。遠目には、私は単に隣の客に寄り掛かられた女子中学生にしか見えなかっただろう。そのことが、私をますます萎縮させた。恐ろしかった。下手に動いて、もしもっとひどいことをされたらどうしよう。恐怖と不安が脳内を巡った。私は何も気にしていない顔で、ただじっと時間が過ぎるのを待つしかなかった。そうこうしているうちに、自分の下車駅が近付いてきた。

　電車が駅に着いた瞬間、私は身体を捩《よじ》るようにして狭いスペースから抜け出した。そのままホームに降り立ち、その場で立ち尽くした。私が後ろを振り返ることが出来たのは、扉が閉まる音を聞いてからだった。ガラス越しに見える車内で、男はまだ寝たフリをしていた。電車が過ぎ去るまで、私はそこで立ち止まっていた。田舎の駅だから、ホームの端に人なんていなかった。

　ははっ、と笑いが込み上げた。両手を膝に突くと、肩からスクールバッグがずり落ちた。それが可笑しくて、私はもう一度笑った。

あの男、バカじゃん。最初に浮かんだ感想がそれだった。私に胸なんてないし、お前が有難がってた感触はブラジャーの中に入ってる固いパッドだよ、バーカ。大の大人が中学生相手にしょうもないことしてんじゃねーぞ。バーカ、バーカ。脳内で男を散々嘲《あざけ》り、私は今日の出来事を自分の中だけで呑み込むことにした。駅員にだって、母親にだって言ってない。何故なら、大したことじゃないから。私は全然傷付いていないし、被害者でもない。そう、思い込みたかったから。

あぁ、先ほど江永がネタにすると言っていたのは、あの時の私の感情に近いのかもしれないな、と今更思う。私よりもっと激しくて、もっと息苦しくて、もっと虚しい感情。

シャツ越しに胸を触られた瞬間、私は自身が性的に搾取される存在なのだと気が付いた。だけどその事実と向かい合うのは苦痛だったから、傷付いた自分を無視することにした。普段通りに振る舞って、気にしていないぞとアピールすることが、私なりの戦い方だった。そうしないと耐えられなかった。

街灯が消え始め、次第に人の姿が見え始める。幸福な家から出てくる人々。それを視界に入れないように、私は足早に住宅地を通り過ぎた。

家に帰ると、母親がカーペットの上で眠っていた。布団まで移動するのが面倒だったのだろう。母親を起こさぬよう、電気を点けないまま移動する。机の上には発泡酒の空き缶と半端に中身の残ったポテトチップスの袋が転がっていた。

夕食にはカレーとサラダを作っておいたのだが、母親はほとんど手を付けていなかった。これを朝ごはんにして欲しいところだが、母はきっと納得しない。炊飯器の中身は保温状態で放置されていて、すっかり固くなっていた。せめて掻き混ぜてくれていれば、と思いながら私は一食分ずつラップに包んで冷蔵庫にしまう。

きっと母親はまた朝食を強請《ゆす》ってくるだろうから、寝ている間に作ってしまおう。なめこの味噌汁でいいか、と私は冷蔵庫の中身を確認する。部屋は暗いままだが、窓から差し込む光がいい塩梅《あんばい》で手元を照らしてくれていた。

離婚する前、母親よりも父親の方が家事をしていた。特に、父の作る味噌汁は出汁がきいていて美味しかった。思い出の中の父はいつも私を愛してくれていたが、今ではそれも記憶違いだったのではないかと疑っている。

大卒の父と高卒の母は職場で知り合った。正社員だった父親と契約社員だった母親は一年の交際期間を経て結婚し、私が生まれた。二人は十六歳差で、母の方が若かった。年が離れているのに感覚が同じなところが、母が父に惹かれた理由だったらしい。

母の最大のコンプレックスは学歴だった。父親と同じ内容の業務をしているのにどうして賃金がこんなに違うんだと腹が立ったと、酒に酔う度に愚痴《ぐち》っているのを聞いた。

離婚後、母はその職場を辞め、今の職場に正社員として就職した。子供がいる転職活動は大変だっただろう。それでも母が必死に職を探さねばならなかったのは、父が私の養育費を一切支払わなくなったからだ。最初の数年は毎月振り込まれていたらしいが、私が小学校中学年になる頃には自然消滅したらしい。母は私に向かい、「お父さんはもう陽彩のことを忘れたのね」とため息交じりに何度も言った。

　もしかすると、その頃に父には新しい家庭が出来たのかもしれない。そうであって欲しいとすら思う。彼が幸せである間は、私が彼に攻撃される恐れはない。私と父は、他人として生きていける。

　中学生の頃は寝る前に、父が突然家に訪れるところをよく想像した。大人になった私が玄関の扉を開けると、記憶のままの姿をした父親が私にへらりと笑い掛ける。彼は私の手を取り、愛してると言わんばかりの笑顔で告げるのだ。「連帯保証人になってくれないか」と。

　離婚する前、彼が電話で誰と喋っていたか、漠然と覚えている。消費者金融から掛かってきた電話が、私の母を豹変《ひょうへん》させたことも覚えている。「どうして貯金が無いの」と母が金切り声で叫び、「お前が使ったからだろ」と父が言い返す。「なんでこんなにお金が掛かるの」と母は何度も繰り返した。「子供のことなのに」と。その度に、私は生まれてこない方が良かったんだろうなと感じていた。だから、母が私を引き取って一人で育てると言い出したのは意外だった。てっきりどちらかの祖父母の家に引き取られるのだと予想していたから。父方の祖父母はあの時既に他界していて、母方の祖母は認知症の夫の介護でそれどころではなかったと後から知った。

　包丁の刃が、蕪《かぶ》を真っすぐに二つに割る。包丁とまな板がぶつかり、コンと小気味の良い音を立てた。振り返ると、すぐ後ろで母が寝息を立てている。手から少し離れた場所にあるスマートフォン。ゴミ箱に何枚も押し込まれているゲーム用のプリペイドカード。またスマホゲームで遊んでいたのだろうとすぐに察する。通話でもしながら彼氏と一緒に遊んでいたのかもしれない。

　母が若い男を家に連れ込むようになったのは、離婚して一年が経ってからだった。もしかすると父への当てつけなのかもしれないな、と私はそれを眺めていた。母は一応の分別を持ち合わせていたから、セックスをするのはいつも私が寝たのを確認してからだった。だから幼い私は気を遣って、彼氏が家に来る日は布団の中で目をつぶって寝たふりをしていた。母に捨てられたら生きていけないと、漠然と理解していた。

　私が家事をするようになったのはその頃だ。少しでも母の負担を軽くしたいという気持ちからだった。最初は料理も洗濯も掃除もひどい仕上がりだった。生煮えの人参を呑み込み、母は「美味しいよ。陽彩はいい子だね」と幼い私の頭を撫でた。ぬる付きの残る風呂掃除にも、生乾きのタオルにも、母は文句一つ言わずに私を褒めた。

「愛してるわ、陽彩」

　毎朝家を出る際に、そう母は私に言って聞かせた。熱が出たら私の髪を指で梳《す》き、コンビニで買ったプリンを食べさせてくれた。洋服を一緒に買いに行き、お揃いの服を着ていた時期もあった。参観日や運動会に来たことはなかったが、それに腹を立てたことなんて一度もなかった。母は私の為に働いてくれているのだと理解していたから。

心臓が軋み、私は包丁を動かす手を止めた。鍋に入っただし汁が沸騰している。沸き立つ気泡は水の表面へと集まり、やがては消える。昆布とカツオ節の混ざった香りが、狭い室内に広がった。口の中に唾液が溜まる。空腹の胃が締め付けられるように強く痛んだ。

高校生になった辺りから、母は私が勉強をしているところを見ると不機嫌になった。私が参考書を開いていると、「何のために勉強してるの」「この家から出ていく気なのか」「大学になんて行かなくていい」と彼女は興奮して捲《まく》し立てた。家に八万円ずつ生活費を入れるように言い出したのはこの頃だ。母はきっと、私から勉強する時間を少しでも奪い取りたかった。大学という存在が、私を変質させると彼女は思い込んでいた。

貧乏学生の私に、勉強することが許される場所なんてどこにもなかった。家で勉強したら母が怒るし、かといって図書館を利用しようにもバイトが終わるころには閉館していた。だから駅で初乗り運賃の切符を買って、始発駅と終着駅を行ったり来たりしながら単語帳を覚えたり、学校の休み時間の間に必死で宿題を片付けたりした。周りからはよく馬鹿にされた。「アイツは休み時間に必死で勉強している癖に、成績がそれほど良くない」と。だが、そんな嘲笑も気にならなかった。不幸である自分はお前らとは違う、特別な存在なのだと思っていた。

私の経済状況を察していた公立高校の担任教師は、何度も私に国立大学を勧めた。経済的にも私立に比べて負担が少ないし、受験料だって安い。寮という選択肢だってあるし、家を出たらどうだ、と。だが、一切家事の出来ない母をこの家に置いてはいけなかった。だって、私はこの人に恩がある。幼い私はたった一人では生きられなかった。それを助けてくれたのは間違いなく母なのだ。

母の収入が少なければ良かったのに、そう何度も思った。そうすれば授業料が免除になる大学だってあるし、奨学金だって給付タイプや無利子のものを借りられる。親になまじ収入があるから、私は行政からの手助けを受けられない。母親の収入を、私は使うことができないのに。

あどけない寝顔を晒す母を見ていると、私は眼球の奥で沸々と熱が滾《たぎ》っていくのを感じる。強烈な腹立たしさと諦観、その根底にあるのはどうしても拭いきれない母親への愛だった。こんなに苦しめられても尚、私は母を愛している。それが、私の弱みなのだ。

「……いい匂いがする」

それまで眠っていた母の瞼がぴくりと動いた。寝ぼけながら呟かれた言葉に、私は口元を微かに緩める。出来上がったなめこの味噌汁を飲んだら、母はきっと喜ぶだろう。込み上げる吐き気を無視して、私は鍋に具材を流し込んだ。透明なだし汁の中に、切り刻まれた野菜が沈んだ。

会話を交わした翌日から、私と江永の関係は良好になっていった。客がいない間は雑談をし、堀口の悪口で盛り上がった。江永は自身の刺激的で仄暗い過去をあっけらかんと話し、私は私でぽつぽつとこれまでの自分の苦労を語った。江永は私に同情し、私は江永に同情した。二人でいる時間は、生温《なまぬる》くて心地よかった。

ゴールデンウィーク明けの『一般教養Ⅲ』の教室で、私は木村に送ってもらったプリント画像を確認していた。一般教養の授業は参加者が三百人ほどいるから、普通の授業よりも講義室が広い。学科も関係ないせいで、顔に見覚えすらない学生が多い。

こういう大教室では、私は真ん中辺りの席を選ぶ。人が疎らになり始める列が狙い目だ。

「おはよ」

背後から掛けられた声が自分宛てだとは思わず無視した。大学で声を掛けられるシチュエーションとはこれまで無縁だったから。

「おいおい、無視すんなって」

そう言いながら隣の席に誰かが座り込んできたことを認識し、そこでようやく私は顔を上げる。鼻の奥に突き刺さるフローラルな香水の匂い。隣にいたのは江永だった。

「あ、おはよう」

声が尻すぼみになったのは、日中に江永に出くわすことがあるなんて予想もしていなかったからだ。一体どうしてなのか、江永雅という人間は深夜のコンビニにしか生息していないと漠然と思い込んでいた。そんなこと、あるはずがないのに。

後ろの席に座っている男子二人組の視線が、チラチラと江永に向けられているのを感じる。もっと厳密に言うと、オフショルダーのブラウスから晒された彼女の肩に。目のやり場に困るな、と私ですら思った。だが、江永は全く気にしていないようだった。

「昨日のシフトの後さー、そのまま布団に直行して寝たのよ」

急に始まったエピソードトークに困惑しながらも相槌を打つ。「それで？」と先を促した私に、江永はマニキュアの塗られた爪先でコツコツと机を叩いた。

「アタシの住んでる家さ、ボロアパートなの。死ぬほど壁薄くてさ。でね、朝起きたら隣の部屋から洋物のAVみたいな喘ぎ声が聞こえてくるわけよ。『あんっ、あんっ』って」

こちらに臨場感を伝えようとしてくれたのか、江永はわざわざ喘ぎ声まで再現した。親切心であることは分かっているが、それでも私の顔は勝手に赤くなる。何人かの学生がギョッとしたようにこちらを振り向いた。

「断続的に続くからさ、あ、これは隣のオッサンが一人で楽しんでんじゃねーのって思ったわけ。アタシも徹夜明けだからさ、もう、イラーッてしてて。朝からスッキリすんのはいいけど音量気を付けろよ！　って怒鳴り込もうと思って玄関の扉を開けたら、家の外に置いてある洗濯機からあんあん聞こえるわけ！　喘いでたのはお前かー！　って」

その瞬間、あちこちから「ぶほっ」と噴き出す声が聞こえた。主に男子学生だった。今すぐ他人の振りをしたい、と私は思った。同類だと思われたくない。

黙って俯《うつむ》く私の顔を、江永はわざわざ覗き込んだ。

「今の話、面白くない？　鉄板ネタにしていこうと思ってんだけど」

「聞いたのがここじゃなきゃ笑ってたかも」

「ははーん、下ネタで笑う女って思われたくないわけね」

「というより、周りの目が気になって笑うどころじゃない」

「うわ繊細」

「江永さんがガサツすぎるんだって」

「そ？　誰かの目を気にするなんて馬鹿馬鹿しいじゃん」

そういう問題だろうか。世の中にはＴＰＯというものがある。そう反論しようとも思ったが、意味が無さそうだったので私はもごもご口を動かすだけに留めた。

江永はウェーブを描く自身の髪を左肩に流し、私の方へと距離を詰める。

「ってかなんか、今日の宮田よそよそしくない？」

「大学で会うの、初めてだから」

「あー。そーだっけ？」

江永は軽く首を傾げた。

「大学には友達いないの？」

「いるけど、学科にはいないかな。ま、授業で会った時につるむヤツがちょいちょいいるって感じ。宮田は絶対友達いないでしょ」

「いないよ」

「宮田のそういう潔いところ、アタシ結構好きだわ」

あはっと笑いながら、江永がスマホを取り出す。ディズニーキャラクターが描かれたスマホカバーには、ラインストーンがあしらわれていた。毒があると訴える野生動物みたいに、その色合いはけばけばしい。

「ほら、さっさとＩＤ教えて」

「何、急に」

「そういや宮田のやつ知らないなって。連絡する時困るじゃん」

「連絡する時なんてある？」

「んー、バイトのシフト代わって欲しい時とか」

それなら仕方ない。ＳＮＳのアカウントＩＤを教えると、江永は「あ、出てきた」とアイコンをタップした。私のスマホが振動する。見ると、ぽこんという効果音と共に画面内に吹き出しが現れ、『いえい』と謎の三文字を表示していた。

「どういう意味？」

「イエーイって意味」

「解説でますます分かんなくなった」

江永のアカウントのアイコンは、口元をスタンプで隠した自撮り画像だった。実物より三割増しに見える。

「そういえばさ、ちゃんと通帳確認した？」

「通帳って何の」

「奨学金の」

自身の頬の筋肉が硬直したのが分かった。考えないようにしていた可能性を、彼女は執拗《しつよう》に提示してくる。

「してないよ」

首を振った私に、江永は「ふーん」と頬杖を突きながら言った。その手が、画面を下向きにスマホを置く。

「疑うのが怖い？」

「別に」

「嘘吐きだなあ」

「なんで嘘って分かるの」

「目が泳いでる」

「ええ？　絶対そんなことない」

ポーカーフェイスには自信があった。中学生の頃も、高校生の頃も、休み時間は無表情を装っていたから。誰かの会話が偶々《たまたま》聞こえて、それが面白い内容の時は辛かった。聞き耳を立てていると思われたくないから、私はさりげなく自分の唇に手の平を押し当て、ニヒルを気取って窓の外を眺めている振りをしていた。

そういえば、大学生になって気を抜くようにはなったかもしれない。高校時代のクラスのような狭いコミュニティがないから、良くも悪くも自分なんてどうでもいい存在になった。

「宮田はお母さんのこと好きなんだねぇ」

「好きっていうか……」

口ごもり、目を伏せる。お母さんのことが好き。なんだか子供っぽい言い方だ。

「唯一の家族だから、放っておけないの」

「家族ねぇ」

江永が頬から手を外す。顎の下にあるニキビの形が、ファンデーション越しに浮き上がっている。

「アタシ的に、世界で一番嫌いな言葉かも」

「なんで？」

「幻想な癖して、皆、持ってて当たり前みたいな顔してるから」

リップでコーティングされた彼女の唇の端が、ついと自嘲気味に持ち上がった。共犯めいた眼差し。お前なら分かるだろ？　と試しているような無言の囁《ささや》き。知らず知らずのうちに喉が鳴った。

私だって、家族が幻想であることくらい知っている。

小学生の頃、道徳の教科書に載っている家族愛の話を読んで吐きそうになった。授業参観で親と喋る同級生を見た時、両親に日頃の感謝を伝える手紙を書かされた時。あぁ、自分は平均的な幸福を持たないのだなと何度も眼前に突き付けられた。

世の中にいる善良な人たちは、子供が傷付かないようにたくさんのことを考えてくれる。自殺シーンは悲しい気持ちを増長させるからいけないだとか、人を傷付けるような創作物は子供には見せないようにしろだとか。だけど、幼い私を襲った凶器は、もっと柔らかで温かな匂いがするものだった。私はそれを見て傷付いたなんて誰にも言わなかった。だって、言っても仕方がないから。傷付く私が悪いから。

そういえばワイドショーで、映画の自殺シーンが物議を醸しているという話題が取り上げられていたことがあった。子供が真似してはいけないと怒るコメンテーターを見て、立派な大人でもこの程度なんだなと思った。物語の中の自傷によって救われる子がいるなんて、きっと想像すらしないんだろう。分かってもらえないことに腹が立ったりはしなかった。ただ、絶望はした。

世界の見え方にこんなにも隔たりがあるのか、と。

「私が一番嫌いな言葉はアレかな、自己責任」

私の言葉を、江永は「分かるー」と笑いながら肯定した。ぽこん、と私の手の中でスマホが鳴る。画面に目を向けると、木村からメッセージが届いていた。

『痛い目見ても知らないからね』

思わず周囲を見回すと、教室の最前列で木村は一人プリントを広げていた。彼女に友達はいないのだろうか、それとも一人が好きなのか。

既に欠席分のプリント画像は貰っている、愛想よくする必要もないだろう。隣に座る江永が、「友達から?」と尋ねてくる。「単なる知り合い」と答え、私はスマホを鞄の内ポケットへと差し込んだ。返信はしなかった。面倒だったから。

今日は珍しくバイトが入っていなかったから、十五時に大学を出て、電車に乗って真っ直ぐに家へと向かった。電車に乗っている時間は十分、駅から家まで十八分掛かるとして、家に着くのは十五時半だ。まだまだ明るい時間だ、なんだってできる時間。

溜まっていた洗濯物を一気に回したい。掃除機を掛けるのだってサボっている。やらなければいけないことはたくさんあった。だけど何よりも自分がやりたいことは、ただひたすらに眠りたかった。起きる時間を気にせず惰眠を貪る。それが実現不可能な妄想であることも承知していた。一度ぐっすりと眠ってしまうと、身体が疲労に気付いてしまう。泥のように眠ってしまわぬように、警戒する脳がピリつく。眠りは自然と浅くなり、数時間程度で目を覚ましてしまう。

ふぅ、と意識して肺から空気を吐き出す。家族。講義前に江永に告げられた言葉が、しばらく私の脳の端っこに纏《まと》わりついていた。家族、家族。その単語を、何度も繰り返し咀嚼《そしゃく》する。奥歯に張り付いたキャラメルみたいな、粘《ねば》り気のある言葉。

住宅街を抜け、ようやくアパートが見えて来たところで私は惰性で動かしていた足を止めた。何故立ち止まったのか、自分でも最初は分からなかった。危険を察知した本能が、私の襟首を摑んで離さない。息を殺し、私は周囲に視線を巡らせた。そしてようやく、私は違和感の正体に気が付いた。

アパートの前には管理人が経営している月極駐車場があり、近隣の住人の車が止まっている。地面と車体の隙間、そこから人間の脚が見えた。厳密に言うと、グレーのコットンパンツの裾だ。だが、窓ガラス越しには人の姿は見えない。つまり、その人物は車の陰にわざわざしゃがんで隠れているということになる。

一度駅へと戻ろうか。いや、単に居場所がなくて隠れているだけの人かもしれない。見知らぬ他人の為にどうして私が貴重な時間を浪費しなければいけないのか。だがしかし、通り魔だったらどうする？　その時は走って逃げるか。足元を見下ろすと、スニーカーの靴紐《くつひも》はしっかりと結ばれていた。

逃げやすいように鞄を腕で抱きかかえ、私は何食わぬ顔を装って階段へと向かう。住んでいるのは二階だ、オートロックなんてお洒落なものは勿論ない。エレベーターも無い。

相手が動く気配はなかった。手摺りを握る手の平に汗が滲《にじ》む。後は階段を上るだけ、そう息を吐いた瞬間、遠くから男の声がした。

「陽彩か？」

情けない、か細い声だった。それが耳に入った瞬間、私の脚は縫《ぬ》い付けられたように動かせなくなった。雪崩《なだ》れ込む過去の記憶、幼少期の思い出が一瞬でフラッシュバックした。

錆び付いた人形のようにぎこちなく、私は首を動かした。振り返ると、そこにいたのは十三年前よりも幾分か老けた父親だった。

「……お父さん？」

私の言葉に、父は嬉しそうに顔全体を綻《ほころ》ばせた。くしゃくしゃっと寄った皺が、彼の年齢を感じさせる。車の隙間から抜け出し、父は私の前に立った。思ったよりも背が低いな、と思った。記憶の中の父の頭は、もっと高いところにあったのに。

「父さんのこと分かるか？」

自分の顔を指さし、父が震える声で言った。感無量と言わんばかりの声色に興ざめする。勝手に盛り上がらないで欲しい。

「そりゃまあ、分かるよ」と、私は俯きながら答えた。やっぱり駅に逃げたら良かったと後悔した。

「なんでここに来たの？」

「陽彩に会いに来たんだよ。母さんに陽彩に会ったことがバレたら怒られるから、こうやって隠れて待つしかなくて」

「住所はどこで知ったの？」

「何言ってるんだ、手紙を毎年送ってただろう？　会うのは止められていたが、母さんがあれだけは許してくれてたから」

返す言葉が見つからなかったのは、手紙のことなんてちっとも知らなかったからだ。郵便物の管理は私の役目だったはずなのに、一通も見たことがない。母が隠していたとしか考えられない。

無言になった私の反応をどう捉えたのか、父は会話を途切れさせまいと慌てて口を開いた。

「ほら、アレだな。陽彩も今年で二十歳だな」

「そうだけど」

「今はどうしてる。もう働いてるのか？」

「いや、大学に通ってる」

「そうか。陽彩が大学生か！」

ぱっと表情を明るくさせた父に、困惑と苛立ちの感情が湧く。

一体何を喜んでいるんだ、私とお前は他人なのに。上澄みだけを掠《かす》め取って、父親面するなよ。

「勉強も大変だっただろう、偉いなぁ」

「別に、普通だよ」

「いやいや、偉いよ。父さんは勉強嫌いだったから、受験勉強が大変で……まぁ、何十年前の話だって感じだけどな。母さんはどうしてる？　元気か？」

「それも普通って感じ」

「そうか。元気そうなら良かった」

父は頬を引き攣らせて笑った。皺の増えた手で、彼は自身の腕をシャツ越しに何度か擦っていた。彼の着ている柔らかな素材の黒シャツを、ユニクロの陳列棚で見たことがある。昔の父は衣類に関して高級ブランドに固執していたのに、時を経て嗜好《しこう》が変わったのだろうか。

「それにしても久しぶりだなぁ。陽彩が父さんだって気付いてくれるとは思わなかったよ」

「まぁ、アルバムに写真あったし、それで」

「ちゃんと父さんの写真も残ってるんだな。捨てられたかと思った」

「お母さんだってそこまではしないよ。変じゃん、それは。お父さんが私のお父さんなのは、遺伝子上では間違いないわけだし」

「遺伝子上か」と父は苦笑した。私は鞄を抱きしめる。

「それで、なんで私に会おうと思ったの」

父の喉が上下したのが分かる。何かを言う前の予備動作。中途半端に下がった首の角度を、私はじっと凝視している。父の唇が震え、溢れるように空気が零れる。

「……今まで、すまなかった」

感情を抑え切れなくなったのか、父は右手で目元を覆った。両目を隠す手が、先ほどから小刻みに震えている。

「今でも思い出すんだ、小さい陽彩が玄関まで迎えに来てくれた日のことを。お父さん大好きって抱き着いて来て、こんなに小さい子が一人で生きていけるのだろうかと何度も思った」

父が一歩前に出る、私との距離を詰めるように。

「陽彩って名前な、父さんが決めたんだ。陽の中ですくすくと、彩りの多い生活をして欲しいと思ってな。幸せになって欲しいって。だけど父さんはそれを見届けることが出来なかったから、今日はちゃんと陽彩に謝ろうと思ったんだ」

感極まったように、父は何度も目を擦った。「すまない」と繰り返しながら、彼は鞄から取り出したポケットティッシュで洟《はな》をかむ。

「本当にすまなかった。離れていてもな、父さんはずっと陽彩のことを愛してたんだぞ」

そう、嚙み締めるように父は言った。なんておぞましい、と私は思った。気持ちが悪くて、醜悪で、こんなにも身勝手な生き物を未だかつて見たことがない。

今日という日の為に、何度もシミュレーションしたのだろう。一方的に心の準備を済ませて、自己満足な謝罪を告げて。野良猫に餌《えさ》だけをやって満足するのと同じように、無責任な家族ごっこで誰かを救った気になっている。

勘弁してくれ、そう叫びだしたくなった。何が『愛してた』だ。そんな言葉一つで、全てが許されると思うなよ。愛なんてものは、無責任の免罪符にはならない。

鞄を抱きしめる腕に力を込める。金具が皮膚に食い込み、ぼんやりとした痛みが走った。燃えるような怒りが突如として沸き上がり、しかしそれはあっという間に鎮火した。怒りを露わにするには、私はあまりに疲れすぎていた。

鬱屈した感情を、溜息と共に全て吐き出す。どうでもいい、そう思わなければやっていられないと思った。どうせこの男は、明日からまた他人だ。

「それで?」

聞き返す私に、父は意外そうに目を丸くした。感動の抱擁《ほうよう》が待っているとでも思っていたのかもしれない。

「急に謝りたくなったのにも理由があるんでしょ？　目的は？」

私の冷ややかな声に、父はたじろいだようだった。使ったティッシュを鞄に押し込み、彼は決まりが悪そうに頬を掻いた。

「実は、再婚することになったんだ」

ざらりとした感情が舌の上に走る。それを呑み込み、私はぎこちない笑みを浮かべた。

「そうなんだ、良かったね」

「相手も再婚でな、連れ子がいて。今年で十一歳なんだが」

「へえ、小学生」

「そうなんだ、色々と手の掛かる年頃で……父さん、今度こそ子供を大事にしたいと思ってるんだ。これから中学生、高校生になったらお金も掛かるだろう。陽彩みたいに大学生になったら、もっと掛かる。父さんな、あの子に苦労させたくないんだ」

ご立派な考えだ。可愛い子供を見て、自分の罪にようやく気付いたのか？　だから謝りたいと思った？　謝罪を口にすることで、後ろめたさが拭えるとでも思ったのか。

先程から、心臓の鼓動がどんどんと速くなっている。指先が冷え込み、呼吸が苦しい。水の中に入った時みたいに、耳の奥がこもっている。空気の膜が、私を世界から隔離しているみたいだ。不快なフィルター越しに、ガポガポと父のくぐもった声がする。

「だからな、そろそろ陽彩の養育費を払うのはなしにしたいんだよ」

「は？」

間の抜けた声が喉から飛び出た。自身の両目が見開かれたのを、他人事のように感じていた。

「二十歳までって約束を反故にすることになって悪いとは思ってる。だけど父さんも今の給料だと流石《さすが》に厳しくて――」と父はグダグダと言葉を続けていたが、私にとって重要なのはそこではなかった。

両腕から、鞄がずるりと下へ落ちた。それを気にする余裕もないままに、私は父の腕に摑みかかった。父が驚いたように一歩下がる。私の腕が宙を切る。

「お父さん、養育費払ってたの？」

声が掠れた。喉が渇いて仕方がなかった。

「いくら？」

「月に八万円ずつ。毎月、給料日に振り込んでたよ。遅れると催促の電話が掛かって来るから」

隠された手紙、ひっそりと使い込まれていた養育費。何が起こっているかなんて、簡単に理解できた。母は私に、父は私のことを忘れたと何度も言っていたのに。

戸惑いに満ちた、父のピカピカとしたまあるい目。嗚呼《ああ》、彼が善良であることが心底恨めしい。

いっそ悪人でいてくれたらどれだけ良かったか。私への後ろめたさを抱いて、父親失格のレッテルを貼られたまま、惨めに生きていて欲しかった。過去を清算できるような武器が彼の手の中にあることが、悔しくて仕方ない。

想像の中で私は、父親の再婚も、彼が幸せになることも、何もかもを許していたはずなのに。むしろ、幸せであってくれた方がマシだとすら思っていたはずなのに。なんでこんなにも現実の私は醜いのだろう。

私はお前に愛されたくない。幸せなお前を見たくない！

迸《ほとばし》る感情をねじ伏せ、私は地面に落ちた鞄を肩に掛けなおした。父からは既製品の柔軟剤の香りと、加齢臭が入り混じった匂いがする。昔の父はどんな匂いだっただろう。明瞭に覚えていたはずの何かが、目の前の男を見ているだけでボロボロと崩れ落ちてしまう。私の中にいた父が、目の前の男に上書きされる。

ここで泣き叫んで詰《なじ》ったら、父は私をどう思うのだろう。同情の眼差し一つ寄越して、新しい家に帰るのだろうか。そんなのはあまりにも惨めすぎる。背中に隠した右手の拳を、私は痛いくらいに握り締めた。

「お父さん、今までありがとう」

笑顔を繕うのは、そう難しいことではなかった。営業スマイルには慣れている。

「養育費のことはもういいよ。お子さんに使ってあげて」

お子さんだって！　と心の中で幼い私が叫んでいる。じゃあ私は一体何なんだ。傷だらけの悲鳴を、私は手の中に折り畳んで隠してしまうことにした。

父の顔が、ここにきて初めて安堵で緩んだ。細められた目尻に皺が寄る。

「なあ、陽彩」

「何？」

「連絡先、聞いてもいいか？　母さんには内緒で、話が出来たらと思って」

――嫌だ。

「いいよ」

自分の気持ちなんて無視して、私はスマートフォンを取り出した。父を許したわけではない。ただ、このくだらない茶番劇をさっさと済ましてしまいたかった。


父親とアパートの前で別れ、私は階段を駆け上った。先ほどから指の震えが止まらない。

「会えて良かった」そう笑う父の顔が、眼球の裏にこびりついて剥がれない。吐き気がする。鍵を穴に挿し込み、ドアノブを捻る。それだけの動作にもたついて、そんな自分が嫌になる。

家に入り、真っ先にトイレへと駆け込む。何度もえずいているのに、胃の中は空で何も出てこない。洋式トイレの便座に手を突き、私はそのまましゃがみ込んだ。スマホが鳴る。画面に表示される、父親からのメッセージ。『今日はありがとうな』という文字と、企業が無料で配布しているキャラクターのスタンプ。

会話をしたがっていると思われたくなくて、私はスタンプだけを送り返した。スタンプに対してスタンプ。これにて会話終了です、という暗黙の意思表示。父に伝わるかは分からないが、そんなのはどうでも良かった。父とのやり取りを一秒でも早く切り上げたかった。トイレに置かれた芳香剤を右手で掴み、私は鼻へと押し付けた。便座に腕を置いたまま、安っぽいミントの香りを繰り返し嗅ぐ。日常の匂いを、必死に肺に取り込もうとする。

握った拳で便座を殴る。左手に、ガンと衝撃が走る。骨が痛んだ。それでもお構いなしに、私は何度も便座を殴った。安物の便座は割れてしまうかと思ったが、私が殴った程度ではびくともしなかった。そのことが滑稽《こっけい》だった。

いっそ、水でも漏れてしまえばいい。大洪水になって、世界を全て呑み込んで、この家を滅茶苦茶にしてくれたら。だけど、それが叶わない妄想だって知っている。分かっているんだ。全部、全部、何もかも。

芳香剤を腕に抱えたまま、私はのろのろとトイレから這い出た。

昔、調べたことがある。母子家庭への養育費の未払い率は八割らしい。じゃあ、私の父は残り二割のマシな父親に分類されるわけだ。たった八万円で、彼は立派な父親面ができる。それなら、私が払っていた八万円は一体何の義務だったのか。父親と同じ重さで、私には自分を育てる義務があったのか。ねえ、私が勉強できなかったあの時間はなんだったの。惨めに教室で陰口を叩かれていたあの経験は、本当はしなくて済んだんじゃないの。

母の部屋のドアノブを捻る。布団はそのままで、周囲に物が散乱している。くちゃくちゃになった掛け布団を、私は踏みつけるように歩いた。

タンスに入りきらなかった洋服が、カバーを取られることもなく新品のまま放置されていた。私が百円ショップで買った整理ケースの中に、雑誌の付録でついていたマニキュアの瓶が押し込まれている。テレビCMでよく見かける美容液。箱に入ったままの靴。偽物のブランドバッグ。溢れている品々に飛び抜けて贅沢《ぜいたく》だと非難されるような代物はない。ただ、収入に対して分不相応なだけで。

私はその場でしゃがみ、落ちていたショルダーバッグを掴み上げた。床に芳香剤を置くと、ミントの香りが狭い部屋に広がっていった。

バッグのロゴプレートに書かれたブランド名には、余計なピリオドがついている。偽物だって知った上で、母は鞄を買っている。バレなければ同じだって思っているから。革製のそれを、私は手で丸めてやった。シワシワになった鞄を、更にその上から踏みつける。無残な姿になった鞄から目を逸らし、私はタンスの引き出しへと手を掛ける。上から二段目、それが母の貴重品を入れる場所だった。

中を探ると、私名義の通帳はあっけなく見つかった。不用心なことにハンコと同じ場所に収納してある。私は震える手で、ページを開いた。

「ニホンガクセイシエンキコウ」

羅列された文字と共に、振込欄には定期的に金が振り込まれていた。私は手早く通帳の最新ページまで捲る。最新の残高は、たったの三万円だった。

「……ははっ」

乾いた笑いが口から勝手に漏れた。

こんなことならバイトなんて頑張らずに、最初から奨学金で学費を支払っておけばよかった。——いや、もっと言えば、母を信用した私が悪いのだ。兆候ならあったじゃないか。ゴミ箱に突っ込まれたゲーム用のプリペイドカード。わざわざそれを使っていたのは、使用金額がクレジットカードの上限を超えていたからだ。

きっと、私が臆病だったのが悪い。病気かもしれないと疑っているのに、病院に行きたがらない大人と同じ。知るのが怖くて先送りにした、その皺寄せがここに出ただけ。

芳香剤を蹴飛ばすと、中の液体が周囲に飛び散った。濃縮された爽やかな香りが、私の靴下に付着する。通帳とハンコを手にしたまま、私は目的もなくダイニングへと向かった。食器乾燥機の中には今朝洗ったばかりの包丁が刺さっている。ただなんとなく、私はその柄を握った。滑らかな光沢を帯びる刃先。それが人間の腹に沈む瞬間を想像する。

私は包丁を右手で握ったまま、左手でスマートフォンを操作した。息を吐き出す頻度で、自身の息が荒いのが分かった。機械的な通知音が繰り返され、相手は電話に出た。困惑した声だった。

「どうしたの？　母さん仕事中なんだけど」

母の声は、朝に聞いたものと何ら変わらなかった。私は床に座り込み、胡坐《あぐら》を掻いた。

「お母さん、私に何か言うことある？」

「言うこと？　今日の晩御飯は魚がいいとか？」

「そうじゃなくて、もっと大事なこと」

電話越しに、母が息を吸ったのが分かった。

「どれのこと？」

「心当たりがありすぎて分かんない？」

「家のことは全部、陽彩に任せてるからなぁ」

母の声はまだ楽天的だ。それが強がりなのか、それとも察していないだけなのかは私には判断出来なかった。

「こんなことなら、お金も私が管理してたら良かったね。さっきお父さんに会ったよ。養育費を払えなくなったって。私、いろんなことを知らなかったんだね」

「あの人に会ったの」

「家の外にいたよ。不審者って感じだったから、最初は通報しようかと思っちゃった」

「陽彩には会わないって約束だったのに」

母が大きく溜息を吐いた。まったく、と呟く声を左耳が拾い上げる。

「再婚するって報告だった。お母さん、私ね、全部聞いたよ。手紙を隠されてたことも養育費を隠されてたことも、怒ってないんだ。奨学金を勝手に使われてたことも、許そうと思ってる。過去のことだから」

緊張するかと思ったのに、驚くほど舌が回った。ハッ、ハッ。聞こえる自分の呼吸はやけに浅かった。勝手に湧いてくる唾を呑み込む。ごくりと喉が自然と鳴った。

「通帳、見たの？」

「見たよ」

「……そう」

母の声が震える。後ろめたさのコートを羽織って、母は自分が情けない人間だとアピールしている。

「ごめんね、陽彩。母さん、我慢できなくて」

「お母さんがそういう人だって知ってたよ。家族だもん」

家族。それは江永が最も嫌いな言葉だ。幻想だと吐き捨てられた言葉。

何故世の中に家族という言葉が蔓延《はびこ》っているのか、本当は私も分かっている。幻想だからこそ、それを守ろうとしている人々は強いのだ。家族であるというただそれだけの理由で、他人を育成する。子育ては手間が掛かり、金も掛かる。それでも尚、子供という一個人を育て上げるのだから、親という生き物は尊ばれるのだ。

私は、血が繋がっているだけの他人を親とは呼ばない。呼びたくない。

母は私に愛情をくれた。そしてそれ以上の裏切りも寄越した。彼女の愛を私は疑ってはいない。だが、愛だけ与えられて、それが何だというのだろう。私は便利な家政婦か？ それとも愛らしいペットか？ 部屋を掃除してくれるロボット掃除機にだって愛着が湧く、母の私への愛はそれと同じか？

目頭が熱くなり、私は瞼を閉じた。右手に握ったままの包丁の柄が、手の中でどんどんと存在感を増していく。

「お母さん、私、家を出るよ」

「そんなの、母さんが許すと思う？」

「お母さんの為なんだよ」

言葉と一緒に、笑みに似た吐息が零れた。心の底からそう思っている。

「私ね、多分、このままだとお母さんを殺しちゃう」

握ったままの包丁の柄には、私の体温がすっかりうつってしまっている。憎いわけじゃない。ただひたすらに、悲しかった。私だって素直に母を愛したかった。それが許されない現実が、私の肺を圧迫していた。包丁を握る。強く、強く。

「だから、一緒にいない方がいい」

何かが目に入る度に、殺す想像をしてしまう。炊飯器の釜は撲殺に使える。包丁は刺殺に。洗剤は毒殺に。殺す相手は私であり、母だった。全てを台無しにしてやりたい。そんな激しい衝動に駆られる自分自身が恐ろしい。昨日は我慢できた。今日だって我慢できている。だけど明日からは？　我慢できる自信がない。

母は沈黙を保っていた。何を言っていいのか分からないのかもしれない。もしくは、私が撤回してくれるのを待っているのかもしれない。どっちだって良かった、私の答えは決まっているから。

「今までありがとう。さようなら」

「陽彩待っ――」

相手の応答を待たず、私は通話を切った。未だ力の入った右手を、無理やりに開く。汗でぬるつく包丁の柄が、カランと床へ滑り落ちた。

自室に戻り、リュックサックに荷物を詰め込む。必要最低限の、生きる為に必要な道具を。衣類を入れ、日用品を入れ、通帳とハンコを入れ、学校に関する書類を入れた。背負ったところでまだ隙間があることに気付き、少し迷ったあと、私は洗面所へと向かった。洗面台の下にストックされた、トイレの芳香剤。封を開けていないそれを一つだけリュックに入れ、私は玄関の扉を開けた。隙間から吹き込む春風は生温く、どこか埃《ほこり》っぽかった。

階段を下りながら、私は江永に電話を掛ける。スニーカーの底が、歩く度に地面を擦った。

四回目のコール音の後に、「はいはいー？」という江永の明るい声が聞こえた。

「どうした？　宮田から電話とかビックリしたよ」

「うん、ちょっとね」

「なに、ついにお母さん殺しちゃった？」

冗談めいた問い掛けに、私は思わず立ち止まった。ははっ、と笑い声が漏れる。管を塞《ふさ》いでいた重たい感情がその拍子に吹き飛んだ。笑うしかないな、と思った。じゃないと、私の人生の元が取れない。

「実はさ、確認しちゃったの。奨学金の口座の通帳」

「おお、ついに」

「使い込まれてた」

ぶはぁ、と江永が噴き出したのが分かった。深刻な空気にならないことが有難かった。

「それでさ、今ちょうど家を出た。しばらくはネカフェかカラオケで寝泊まりしようかと思って」

「家出少女じゃん。母親に警察呼ばれない？」

「多分、呼ばれないと思う。一緒に住んでたら殺しそうで怖いって言ったから」

「マジィ？　やるじゃん、見直した」

スピーカー設定にしているのか、パンパンと江永が両手を叩いている音が聞こえた。彼女と言葉を交わしていると、先程まで異常なほどに早鐘を打っていた心臓が落ち着いていくのを感じた。ここは日常だ、と思う。あれだけのことが起こっても、なんら変わらず明日が来る。

空気を鼻孔から吸い込むと、乾いた砂の匂いが車の排気ガスと入り混じっていた。

「家、来なよ」

電話越しに、江永の軽やかな声が聞こえる。こちらの様子は見えていないと分かりつつも、私は驚いて顔を上げた。

「どういう意味？」

「住めばいいって意味。家賃、三万で許したげる。住むところ見つかるまで居候していいよ」

「それ、マジ？」

「マジマジ。ちょうどさ、一人が寂しい時期だったから。ま、ボロアパートで良ければって話だけどね」

木村の警告が、一瞬だけ脳裏を過ぎった。ピリつく項《うなじ》を、私は自身の手の平で押し潰す。

「じゃ、お邪魔しようかな」

「どうぞどうぞ。住所送るから」

ぽこん、とスマホが間抜けな声で鳴く。スマホ画面を見ると、ここから三駅先の町の名前が書かれている。バイト先までちょっと遠くなるな、と住所を見て気付く。そして気付いた後に、自分がバイトを続けるつもりでいることを悟る。

ワーカホリックじゃん、と思わず自嘲が漏れた。染み付いた習慣は、どこにいたって私を私たらしめる。カラカラと空気混じりの笑い声が、私が歩く度に道路に落ちて跳ねていた。

「ねえ、江永さんの家ってトイレの芳香剤、何使ってる？」

「はぁ？　何その質問」

「いいから教えてよ」

「んー、そもそも芳香剤とか置かない。金出して買うほどのもんじゃなくない？」

それは予想外だった。だが、好都合でもある。私は左手を後ろに回し、リュックサックの底を軽く持ち上げる。ずしんと手の平に感じる重みにほっとする。欠けたものなんてないような気がするから。

「じゃあさ、私が持って行ったら置いてくれる？」

「そりゃ勿論いいけど。何、買って来てくれるの？」

「というか、家から持ってきた」

「わざわざ？」

「リュックにちょうどいいスペースがあったから」

新品の芳香剤の封を開けるところを想像する。鼻孔から吸い込む濃いミントの香りが、新しい日常の始まりを私に教えてくれるだろう。

今、私の右手にあるのがスマートフォンで、心底良かった。汗でぬるついた包丁の柄の感触を思い出し、私は一人、引き攣るような笑いを漏らす。

刺してやれば良かったのに。そう心の片隅で喚《わめ》く自分を無視するのは、少し難しいことだった。

02. 救い、或いはまやかし

（夏）

透明な自動ドア越しに、光に集る羽虫が見える。バチバチバチバチ。吊《つ》るされた殺虫灯からはひっきりなしに命の散る音がする。

「この前、苦情来たらしいよ」

レジに小銭を補充しながら、堀口がクイと顎を外に向かってしゃくる。壁に掛かる時計は、短い針が2の位置にある。コンビニの深夜バイトのシフトに入っているのは今日も、堀口と私の二人だった。

時間帯のせいか、店内に客はいない。ウチのコンビニの一番の書き入れ時は通学・通勤時間帯で、真夜中になるとぐっと客足が減る。近所にある同じフランチャイズのコンビニの方が広くて品揃えも多いため、そちらに客が取られているせいだろう。

「苦情って、何のですか」

「虫の死骸が落ちてるって」

「そりゃ落ちますよね。殺してるんだから」

「ねー、俺もそう思う」

軒下に落ちる死骸を処理するのも店員の仕事だ。箒と塵取《ちりとり》を使い、散らばった死骸をゴミ箱へ捨てる。太陽が昇り、バチバチという破裂音が聞こえなくなる頃合いを見計らって行うことになっている。堀口は虫が嫌いなため、今日のシフトでは必然的に私がやることになるだろう。

「それにしても、そんなことまで苦情が来るんですね」

「知るかよって感じだよね、どこ行っても今の時期は虫だらけなのにさ」

苦情を入れた人間の真意は何だったのだろうか。虫を殺すなという動物愛護の観点からか、見苦しいものを放置するなという潔癖の成れの果てか。

「そういえばさ、宮田ちゃん最近シフトちょっと減ったよね」

「必要がなくなったので。掛け持ちのバイトも辞めて、ここだけに絞ってます」

「六月はいくら稼いだの？」

「十五万くらいです、手取りだともっと減りますけど」

「はー。減らしてもかなり入ってるじゃん、疲れない？」

「そうでもないですよ。家事をする時間が前より減ったので、よく寝れてますし」

「最近エナジードリンクを飲んでないのはそのせいか」

当たり前のような顔で指摘され、ドキリとした。気付かないうちに、自分は他者から観察されていることを意識する。

「江永さんと一緒に住んで、もう何ヵ月？」

「そろそろ二ヵ月ですね」

「二人が一緒にいるところってあんまり想像出来ないなー。上手くやれてる？」

「普通ですね」

私が江永雅と住み始めたのは、五月の出来事だ。リュックサック一つで、江永の家へと転がり込んだ。『いたいだけいれば？』という江永の言葉に甘えて、今も住まわせてもらっている。

「でも、意外だったな」

「何がです？」

「江永さんと宮田ちゃんってどっちかって言うと俺に近くない？」

明るい茶髪の前髪の下で、堀口が歯を見せるようにして笑う。彼が腕を組むと、くたびれた制服に皺が寄った。浴びせられた防虫スプレーの匂いがぷんと鼻先を掠める。ハーブを煮詰めたような、ツンと鼻奥にくる刺激的な匂い。

「近いっていうのは？」

「不真面目そうじゃん。俺と同じで、なんとなく『普通』に縋《すが》ってる感じがする。まともな社会との接点を守ろうとしてるっていうか」

「堀口さんって、そんなこと考えてたんですか？」

「最初から、俺にとって大学ってのはそういうところだよ。何かを勉強したくて行くというより、行ってることそのものに価値を見出しているというか」

へらへらと軽薄に笑いながら、堀口は語った。その内容が自分にも当てはまっていることに気が付いて、ドキリとする。堀口と同類なのは嫌だ。

ガラス壁の外を見る。眼鏡姿の老人が一人、こちらへ向かってくる。よく煙草を買いにやって来る常連客だ。気難しい性格で、煙草を番号ではなく商品名で告げることに固執している。聞き返す女性店員に対してよく怒鳴り散らしているが、これは多分、八つ当たりできるチャンスを求めているだけだ。

私はカウンターから少し離れ、やや空白の目立つ陳列棚を整理し始めた。言葉にしなくても堀口に意図は伝わっている。堀口が掃除を私に押し付けるように、私もまた堀口に面倒な相手の接客を押し付けている。私と堀口の力関係はどこまでもイーブンだ。最近になって気付いたが、堀口は意図的にそうなるように振る舞っている節がある。

レジカウンターでは常連客と堀口が世間話をしている。途切れ途切れに聞こえてくる会話は、先週日曜日に行われた競馬レースの結果についてらしかった。堀口は大口を開けて笑いながら、大袈裟な相槌を打っている。常連客は満足した様子で、煙草の代金を払って足取り軽く店を後にした。

「あのオッサンめんどくさいよね」

フー、と息を吐き出し、堀口が肩を竦める。彼は厄介な客をあしらうのが上手い。

「意気投合しているように見えましたけど」

「そんなわけないじゃん。他人にとって都合のいい奴のフリをするのが得意なだけだよ」

へらへらと笑いながら、堀口はどこか自虐的な口調で言った。世間が求めているコミュニケーション能力というのは、こういうものを指しているのだろうか。だとするならば、私がそれを身に付けられる日は一生来ない気がする。

「宮田ちゃんさ、夏休みは何すんの？」

「バイトです」

七月に入り、そろそろテスト期間が始まる。学期末に提出するレポートの締め切りも近付き、バイトに支障がでてきた。だが、高校の夏休みに比べて大学の夏休みは長い。今の時期に少しシフトを減らしても、夏休みにシフトを増やせれば十分取り戻せる。

「そんなバイトばっかりしなくてもいいのに」

「でも、バイト以外で特にやりたいこともないので」

「ふーん」と堀口は口寂しそうに唇を動かした。時間的に、ニコチンが欲しくなってきたのだろう。脱色を繰り返しているせいか、肩に掛かる彼の髪は傷んでいる。

「堀口さんは夏休み、どう過ごすんですか」

小指を立て、堀口はにたりと口端を釣り上げる。

「女だよ、女」

時代を感じさせるジェスチャーだ。彼は時折こうした古臭い仕草をするが、癖というよりわざわざそうやって昔のトレンドを面白がっているように見える。

「彼女と過ごすんですか？」

「いや、彼女とは別れた。フラれちゃってさぁ」

「はあ、そうですか」

「俺さ、昔からメンヘラが好きなんだよねー」と堀口が含みのある声で告げる。

メンヘラとは、『メンタルヘルス』という言葉から転じたネットスラングだ。心に何かしらの問題を抱えている人、という意味合いで用いられている。

「でしょうねぇ」と私は温度のない声で応じた。これまで聞いて来た雑談内容を繋ぎ合わせると、堀口が自己肯定感のない女を好むことは自明の理だった。堀口は自分に依存する女が好きなのだ。

彼の交際相手とのエピソードは強烈なものが多く、別れを切り出した途端に包丁を振りかざして追い掛けられたり、旅行先で突然一緒に死のうと車のハンドルを切られたりと、聞いている分には刺激的で面白い。堀口と交際する女は、早々に堀口のクズさに見切りをつけるか、もしくは自分だけが理解してあげられると堀口にハマってしまうかのどちらかだ。今回の女は前者だったらしい。

「結構尽くしたんだけどフラれちゃったんだよね。将来が見えないって言われて」

「見えないですしね、実際」

「今フリーなんだけど、宮田ちゃん、どう？　夏休み一緒に出掛けない？」

「出掛けないですねぇ」

「ガード堅くない？」

「そういうの、興味がないので」

「あ、もしかして女の子が好きだったり？」

あっさりとした問い掛けに、私は作業する手を止めた。自身の喉を片手で撫でながら、私は表情を険しくする。

「そういう質問、止めた方がいいですよ」

「なんで？」

「性的指向はプライベートな情報でしょう。軽々しく聞いていいことじゃないですよ。もし私が同性を好きだった場合、堀口さんの一言で傷付くかもしれない」

「意味が分からないんだけど」

幼子のような仕草で、堀口は軽く首を傾げた。嫌味ではなく、純粋な疑問からの台詞であるように見えた。

「そもそも、傷付く方がおかしくない？　ハイかイイエって答えて、それで終わりじゃん。

俺が『貴方は男性が好きですか』って聞かれたらイイエって答えるよ」

「そりゃ堀口さんはそうでしょうけど、ハイもイイエも答えにくい人だっていますよね」

「答えにくいっていうのが、よくわかんない。男が女を好きなのと、男が男を好きなのに別に違いはないじゃん。ハイって言われたら言われたで、へーってなって終わりだよ。俺はその先の恋バナとかに興味があるのであって、別にそれが同性だろうが異性だろうがぶっちゃけどうでもいいんだけど」

　想定していたものと違う方向の答えが返って来て、反射的に息を呑んだ。議論スイッチが入ったのか、堀口の言葉が熱を帯びる。

「俺的に、世界の理想って同性愛でも異性愛でも同じ扱いを受けられるようになることだと思うんだよね。じゃ、異性間で起こることは同性間でもあり得ると思うんだよ。告白してこっぴどくフラれるとか、コンパで調子に乗ったら女子間で俺の悪い噂が出回っていたりとか」

「それ、個人的な恨みですよね」

「いやいや、世間一般的な話。それが同性間で起こったとして、特別な現象としてみなして欲しくない。俺的には、同性愛者だろうが異性愛者だろうが『へー』で片付けられる世界がいい。失礼ですよとか言われるの、逆に失礼じゃね？　って思う。同性が好きって言われることが普通の出来事として受け止められる世の中になるべきだと思うから、俺は自分の言動を改めるつもりはない」

堂々と言い切られ、私は制服のシャツの皺を引っ張って伸ばした。なるほど、と軽く呟いてみる。

どんな時であれ、堀口の平等論は一貫している。男と女について話した時もそうだった。彼は全ての人間をフラットに並べることが正しい平等だと信じている。それに賛同できることもあれば、暴論だなと眉を顰めたくなることもある。彼の主張はいつも、個人差や環境差を無視している。

私は息を吐き、スニーカーの底で床を擦った。キュッと、乾いた床が音を立てる。

「全ての人間が堀口さんみたいなら答える側も躊躇《ちゅうちょ》しないでしょうけど、現実は違うんですよ。不用意に傷付けられた過去が積み重なって、皆、自分を守ろうとするようになるんです。そういう世の中が改善されることが望ましいのは間違いないですけど、自己防衛せざるをえない人たちがいるってことを忘れるべきじゃないんじゃないですか」

「宮田ちゃんの意見はアレだね、上辺だけは優等生みたいに聞こえるけど、結局ずっと現状維持を要請してるみたいだ」

「そもそも、みんながみんな恋愛話をしたいわけじゃないんですよ。他人に恋愛話を振られて不愉快に思う人もいるわけです。堀口さんはセクハラって言葉をご存知ないんでしょうけど」

「えー、俺がいつセクハラしたわけ？」

「普段の言動からしてアウトですよ。『自分がされて嫌なことは他人にもしない』って習わなかったんですか？」

「俺、その言葉スッゲー嫌い。だってさ、俺は大体のことが嫌じゃねーもん。自分が嫌じゃないから気付かず他人にやっちゃうわけよ。だからもし注意されるとしたら、『自分が嫌だから止めてくれ』って言って欲しい。勝手に察しろとか無理」

ほっそりとした手を、堀口は冷やかすようにヒラヒラと揺らした。

暴論だと思った。だが、もしかすると十年後には堀口の意見の方が世界のスタンダードになっているのかもしれないとも思った。

自分が思いやりのつもりでとった行動が、いつか差別的だと批判される日が来る可能性は大いにある。世界の『正しさ』は、常にアップデートされているから。時代に合った考え方というのは大抵、未来人の目には野蛮に映る。

「で、結局宮田ちゃんはどっちが好きなの？」

堀口の長い爪の先端が、カウンターの表面を引っ掻く。ガラス壁の向こう側では未だに、バチバチと激しい音を立てながら羽虫が息絶えていた。

「男も女も好きじゃないです」

「へー。ま、そういう人生もアリだよね。恋愛だけがこの世の全てじゃないしさ」

「堀口さんがそういうこと言うの、意外ですね」

思わず顔を上げた私に、堀口は唇の端を捲るように笑った。

「俺は恋愛が好きなんじゃなくて、セックスが好きなの」

俗っぽい台詞に、私は再び棚へと視線を戻した。見直したと思った自分が馬鹿だった。

「宮田ちゃんもこの後どう？」

「だからそれがセクハラなんですよ」

「え、どこが？」

白々しく瞬きする堀口に、私は大きく溜息を吐く。帰宅した堀口が箪笥の角で小指をぶつけますように、と小さな呪いをかけてやった。

江永の家は駅から徒歩十二分の場所にある。築二十八年のアパートで、鉄筋コンクリート造りだ。三階建て、オートロック無し、エレベーター無し。２ＤＫ、四十六平米で、家賃は大体六万円。ゴミ捨て場がやや遠いのが欠点だが、それ以外は概《おおむ》ね快適だ。

近所迷惑にならないよう、私は出来るだけ足音を殺して階段を上がる。時刻は朝六時。まだ布団の中にいる人間も多い時間だ。三階の北側、一番端の部屋が私たちの住む部屋だ。表札はなく、郵便受けには廃品回収のチラシが入っていた。

鞄からキーケースを取り出し、合い鍵を穴へと挿し込む。ドアノブを右側に捻って開けると、深夜に流れているはずのお笑い番組の音声が聞こえてくる。アハハ、と能天気な江永の笑い声。どうせ今日も録画したお笑い番組を見て過ごしていたのだろう。短い暖簾《のれん》をくぐり、私はコンビニの袋を床へ置く。

「ただいま」

「おかえり」とコタツに入ったまま江永が首だけをこちらに捻った。もう七月だというのに、江永は脚が冷えるという理由だけでコタツを出しっぱなしにしている。

天板の上に置かれたノートパソコン、開いたままのワード画面、周囲に散乱した参考文献の単行本。さらに、二本ほど開けられたグレープフルーツ味の缶チューハイ。それらを見ただけで、江永が陥っている状況が手に取るように私には分かった。

「まだレポート終わってないの？」

「終わってない。三割ぐらい」

「残りが？」

「いや、書けたのが」

思わず鼻で笑い、私はコタツの前で胡坐を掻いて座る。

「晩ごはん食べる？」

「むしろ朝ごはんだけどね。……食べる」

袋からサンドイッチを取り出し、一つを江永の前へ置く。具がゆで卵とハムとレタスなのは、単なる自分の好みだった。

大きく欠伸をし、江永はもそもそとサンドイッチの包装を剝いだ。吐き出す息が酒臭い。

「なんでレポートするのに酒飲んでるの」

「進まない現実から逃げたくて」

「だから進まないいんだよ」

「本当のこと言うのやめて」

両耳を押さえ、江永は「あー」と棒読みの大声を出した。酒が好きじゃないといつも言い張る江永だが、嫌なことがあるとすぐに酒に逃げる。

赤ら顔の江永の為に、私は立ち上がり、冷蔵庫から水入りのボトルを取り出した。ミネラルウォーターなんて洒落たものではなく、水道水をただ冷やしただけのものだ。グラスに注ぎ、彼女の前に置いてやる。

江永はこちらを一瞥し、それからにんまりと口元を緩めた。

「宮田ってさぁ、人をダメにするよねー」

「はぁ？」

「宮田といると不安になるわ」

「何で？」

「優しすぎて。どこまでしたら怒るのか試したくなるというか、リミッターがおかしくなってくる。妖怪・ダメ人間製造機」

「悪口のセンスが独特すぎない？」

大体、優しいなんて言葉は、私を形容するのに最も不似合いな言葉だ。染み付いた習慣通りに行動しているだけで、そこには何の感情も無い。

「ねえ、江永酔ってるでしょ」

「はー？　酔ってないですけど」

「さっさと寝れば？　私もシャワー浴びたら寝るよ」

「無理無理。寝たら締め切り間に合わないもん」

「それ、締め切りいつなの」

「今日の十七時」

ぶはっ、と思わず噴いてしまった。それは徹夜でも仕方がない。

江永は目を擦り、右手でビニールの包装を握り潰した。ゴミ箱に放り込み、彼女は大きく欠伸をする。生理的に溢れた涙が一筋、彼女の頬を伝っていった。

「アタシが寝ないように話しかけてよ」

「ヤダよ。私、夜勤明けなんだからもう寝たい」

「まあまあ、そう言わず。三十分だけ」

懇願され、私は渋々座布団の上に座り直した。サンドイッチの包装を綺麗に剝がし、一切れ手に取る。齧り付くと、乾いたパンが口腔内の上側に張り付いた。焦っていることをおくびにも出さず、舌先を使ってなんとか剝がし取る。

狭いダイニングには、江永の香水の匂いが染み付いている。芳香剤よりも甘ったるく、作り物めいた香り。そこに混じる彼女の汗の匂いに、私は眉間に皺を寄せた。室内の設定温度は二十四度の癖に、コタツは最高温度に設定されている。そんな状態でずっと部屋に籠っていれば、そりゃあ汗も掻くだろう。

「江永さ、お金は大丈夫なの」

「お金って？」

「前の仕事に比べて、コンビニバイトじゃ収入が少ないんじゃないかって」

「そりゃ額は減ったよ。でも宮田からの友達料もあるし」

友達料というのは、私が家賃代わりに支払っている四万円のことだ。元々は三万円と言われたが、そこに勝手に上乗せして四万円を支払っている。実家で暮らしていた頃は毎月八万円を入れなければならなかったから、それに比べたら生活もかなり楽になった。

「ＳＮＳで客とるっていうのはもう絶対やんない。それに、コンビニのバイトも嫌いじゃないし」

「ふーん」

「確かに手っ取り早く稼げるよ、身体売ったら。だけど、買いたたかれることだってあるし、クソみたいな扱いを受けることもあるし、客が取れないことだってある。金とリスクを天秤に掛け続けながら生きるの、色々と精神やられる」

江永が残っていた缶チューハイを呷《あお》る。頬の赤みがさらに増した。

「芸能人がさー、不祥事を起こすとね、ネットニュースにワーッてコメントが群がるワケ。で、例えばこれが女性アイドルとか、女優だとね、すぐ書かれるの。『ＡＶ出演待ってます』『早く脱げ』って。で、逆に男性アイドルとかの場合、そんなコメントが書かれてるのを見たことがない」

一体何の話だろうか。話が飛躍しているような、そうでないような。首を捻る私を他所《よそ》に、江永はへらへらと笑いながら言葉を続ける。

「女が裸を見せるのは何かの罰とでも思ってるのかな？　仕事としての尊厳は、そこにないのかって思う」

　江永の言葉を、どこまで肯定していいのか、共感していいのかが分からない。私は実際にそうした場で働いたことがないし、江永が実際にどんな扱いを受けて来たかをほとんど知らないから。私が思考する言葉は結局どこまでも他人事で、綺麗事だ。

「アタシは、リスクを背負って大の大人が選んだ仕事なら、それは尊重されるべきだと考えてる。問題なのは、望んでいないのにそういう仕事をやらされている人たちがこの世界に存在してるってこと。特に子供ね。マジ胸糞悪い。自分が何させられてるか分かってないんだもん」

「江永もそうだったの？」

「そうだったんだよねー、コレが。本当クソったれ。何をやらされてるか分からないまま、未来の自分を傷付けてる」

　天を仰ぎ、江永はケタケタと肩を揺らして笑った。私は無言でペットボトルの蓋《ふた》に手を掛ける。

「アタシが初めてセックスした相手さ、父親だった。血の繋がった父親。小学六年生の時」

　ペットボトルを傾けようとしていた手が止まる。動揺したせいで、飲み口から中身が零れた。スポーツドリンクの柑橘《かんきつ》の香りがコタツ布団に染み込んでいく。ティッシュを慌てて抜き取り、布団の表面を拭う。その間、江永は頬杖を突いてこちらの様子を眺めていた。

彼女の眼差しは穏やかで、そのことにゾッとする。いっそ怒り狂ってくれたなら私も同調できるのに。

江永が話してくれる過去は全て、彼女自身の手で処理が施されている。そこでは、彼女が当時抱いていたはずのぐちゃぐちゃな感情が綺麗に切り取られている。

「ねえ、やっぱり江永酔ってるでしょ」

「酔ってない酔ってない。宮田に聞いて欲しいだけ」

「クソみたいな親の話を？」

「そうそう！　マジでクソ」

両手を叩き、江永は愉快そうに声を上げて笑う。やはり酔っているな、と私は確信する。

「ママにはヤッてることをずっと隠してた。嫌われて、ママに見捨てられたらオシマイだって思ってたから。だけどある日、ヤッてるのがママにバレた。そしたらママ、父親の頭を椅子で殴りつけて、マジ大乱闘になった。アイツの頭からは血が出てた。アタシとママは手を繋いで、そのまま逃げたの。二人で」

母親のことをママと呼ぶのは、江永が酔っ払って理性を失っている証拠だ。放置されたノートパソコンからは、僅かに駆動音が聞こえている。

「警察を呼ばれるかもとか色々考えたけど、アイツは一一〇番しなかったんだよね。多分自分が娘に手を出してること、バレたらヤバいって思ったんだろうけどさ」

夜の道を、手を繋いで逃げる親子の姿を想像する。街灯の下に伸びる細い影。響き渡る足音。その日、桜は散っていたのだろうか。それとも雪が降っていたのだろうか。細かな情景を描くための情報は不足していて、だけど私はそれを求める必要性を感じていなかった。それが雨の日に起きた出来事だろうと、晴れの日に起きた出来事だろうと、私にとってはどうでもいいことだった。

「ママと二人で生きていこうにもお金がなかった。だからママはアタシに、色々やれって指示したの。今思ったらさ、心のどこかでママはアタシのことを憎んでたのかもね」

「でも、庇《かば》ってくれたんでしょ？　きっと怒ってたんだと思うよ、椅子で相手を殴りつけるくらいには」

「それがアタシを庇っての行動だったのかは、アタシには分かんないよ。ママの思考ってどろどろぐちゃぐちゃだったから。色々と溜め込んではすぐに爆発する人で……アタシはその度にじっと嵐が過ぎ去るのを待って、優しい言葉を掛けてた。ママはアタシがママのことを愛してて、それで慰めてくれてるって思い込んでた。本当は、支配者のご機嫌をとらないと生きていけなかっただけなのにね。ママって馬鹿なんだよ。とっても愚か」

　愚か、と私はぼんやりと繰り返した。私の母親にもピッタリな形容だと思った。

「ママと離れてもアタシは生きていけるんだって気付くまでに、随分と時間が掛かった。愚かなのはアタシも同じだったってことだよね。アタシは凄いから、同い年の子らよりもめちゃくちゃ稼いで、ママを食わしてやってるんだぞって自分に言い聞かせてた。のほほんと生きてる子達を馬鹿にしてた。そうじゃなきゃ、やってられなかったから」

　コタツの天板に額を押し付け、江永は呻《うめ》くように言った。金髪の隙間から覗く彼女の白い耳殻。そこに空いたいくつもの穴。

「自分でやりたくてやったんでしょって言われたら、それだけの話だよ。でもさ、それだけで片付けんなよボケって、本当はちゃんと言い返すべきなんだよね。ママはアタシをクソ野郎から助けてくれた。あの時感じた恩が、アタシを随分と長い間縛り付けてた――いや、縛り付けてる、の方が正しいかも。今も、アタシはママに支配されてる」

「江永は、今は違う生き方してるじゃん。大学に行って、コンビニで働いて」

「でも、それは結局、当てつけなんだよ。自分がやりたいことじゃない。親が嫌がることをやってるだけ。昔の自分を殺したくて、殺したくて、それで親に言われたことの正反対を追いかけてる。アタシは、アタシを持ってない。虚しいよ。なにをやっても満たされない」

　天板に頭を載せたまま、江永がこちらを見る。睫毛に縁取られた双眸は薄い水の膜で覆われていた。

「ねえ、宮田はアタシとヤれる？」

　彼女が唇から吐き出した息は、やけに湿り気を含んでいる。乱れた前髪がその額に張り付いていた。

　私はペットボトルの蓋を閉め、食べ終えたサンドイッチの包装をゴミ箱へと捨てた。無意識のうちに溜息が漏れる。強張る頬を手で拭い、私は自分の声が冷ややかになり過ぎないように気を付けて口を開いた。

「できないって前も言ったよ」

江永にこの質問をされたのは、かれこれ十数回目だ。彼女は酔っぱらう度に同じ問い掛けを繰り返している。

「大体さ、江永は私を抱けるわけ？」

「余裕。アタシ、男も女もいけるもん」

「嘘吐き。本当はセックス嫌いって言ってたじゃん」

「嫌いだけど、ないと生きていけない。依存してるの。煙草嫌いのヘビースモーカー的な？」

「意味が分かんない」

「っていうか、マジで無理なの？」

「無理だよ。私は、男にも女にも恋愛感情を抱いたことがない。性的な行為が気持ち悪いの」

私は自身の薄い胸を手で押さえる。ブラトップ越しに感じる、心臓が緩やかに拍動する音。

昔から、恋愛ってなんとなく汚らわしいものだと思っていた。小学生や中学生の頃は潔癖さが正しかったはずなのに、大人になったらいきなり恋愛するのが当たり前になる。化粧をするなと指導していた大人が、化粧は社会人のマナーだと手の平を返すのと同じ。突如として常識が変わり、正しいと評価されていた自分が気付けば社会的に間違った存在になる。

私はテレビで男女の裸を見ると目を背けたくなるし、小説や漫画でセックスシーンが出てくると萎《な》えるし、映画のラストシーンでディープキスされると引く。そうしたものを、ロマンチックで素敵なものだと受け止められない。

自分が女であることが嫌だとか、そういうことじゃない。ただ、同性や異性に恋愛感情を抱く人間がいるのと同じように、そのどちらにも恋愛感情を抱けない人間がいる。

私は普通にはなれない。多様性社会はどんな在り方も普通であると受け入れるべきだと思っているのに、自分のことになると『普通』であることのジャッジが厳しくなる。もしも他人が私と同じ悩みを抱えているならば、そんなの気にしなくていいよと簡単に言えるのに。疎外感が、私の心にぽっかりとした空洞を作っている。

私は孤独が嫌いなのに。どうしても、どうしても、誰かとセックスしたくない。

フラッシュバックする、芳香剤の安っぽい香り。脳味噌の内側に染み付いた過去の影が、今でも私を縛り付けている。

「性的な行為ってどこから？　手を繋ぐのは？」

そう言って、顔を赤くしたまま江永が無造作に手を差し出してくる。その吐息の酒臭さに眉を顰めながらも、私はおずおずとその手を握り返した。皮膚越しに感じる江永の手の柔らかさ、自分のよりも少し高い体温。それらを意識した瞬間、私は自分の食道から何かが逆流してくるのを感じた。「おえ」と気付けばえずいていた。

「キモチワルイ」

「あらー、ダメか」

江永がぱっと手を離す。傷付いたような、それでいてホッとしたような顔だった。

「手を繋ぐなんて性的な行為でもなんでもないでしょ。キスならまだ分かるけどさ」

「多分、人間の体温がダメなんだ」

「異性とか同性とか関係なく？」

「そう。人間がダメ」

私の言葉に、江永はアハハと大袈裟に身を捩って笑った。眠気が押し寄せて来たのか、その瞼は先ほどから緩慢に上下を繰り返している。

「宮田のそういうところ、結構好き。アタシのこと、人間扱いしてくれるじゃん」

「みんなしてると思うけど」

「してないよ。アタシを女扱いしてるだけ。アタシだってそう。アタシはアタシを女扱いすることしかできない」

「それがいけないことだとは思わないけど」

「そうだよ。いけないことじゃないんだよ」

化粧を落とした江永の顔は、普段よりどこかあどけない。焦点の定まらない瞳が、睫毛の下で蠢《うごめ》いている。

「いけないことじゃないって頭では分かってるのに、なーんでこんなに生きるのって苦しいのかねぇ」

自身の腕に頬を押し当て、江永は強く目を閉じた。そのまま動かなくなった彼女の肩を、私はそっと揺する。返って来る穏やかな寝息に、思わず深い溜息が漏れた。嫌い嫌いと言いながら、江永は自己加害を止められない。

江永は不幸な女だ。身体が大人になったって、彼女は可哀想な子供だった。

その肩にブランケットを掛け、私はコタツのスイッチを切る。レポートをやるにしても、ひと眠りした方が酔いがさめて作業が進むだろう。

汗の匂いが染み付いたシャツを脱ぎ捨て、私はユニットバスの浴室でさっとシャワーを浴びる。狭い空間に充満するシャンプーの香り。犬を洗うみたいにわしゃわしゃと自身の髪を掻き混ぜると、汗の匂いが落ちていくのを感じる。排水口に吸い込まれていく白い泡。足の裏に感じる、少し冷めた湯の熱。シャワーを浴びるのは好きだ。だけど、裸になるのは好きじゃない。水に濡れた手で、私は自身の身体の輪郭を撫でる。

腰から浮き出た骨。薄い腹部。筋肉のほとんどない二の腕。ふくらみのない胸。悪く言えば貧相、よく言えば華奢な身体だ。

もしも私が男だったら、こんな女は好きにならない。今、私は女だけれども、やっぱりこんな女は好きになれない。だけどこれが別の誰かの身体だったとしたら、綺麗だと思える気がする。中身が自分というだけで、器すらも醜く見える。

誰かから愛された経験があれば、今みたいに自分を攻撃することを止められるのだろうか。子供の頃に手に入れそびれた自己肯定感を、どうやったら得ることができるのだろう。自信の欠如は巨大な壁となって、私を世界から過剰に排除しようとする。

　身体を洗い終え、棚に置いていたタオルに手を伸ばす。柔軟剤入りの洗剤で洗ったタオルに顔を埋めると、フローラルな香りが肺へと染み込む。江永の服の匂いだ。そして今は、私の服の匂いでもある。

　ジャージに着替え、髪をある程度乾かしたら、そのまま自室の布団に寝転がる。数ヵ月前まで江永の元カレが使っていた部屋を、今は私が使わせてもらっている。

　布団に入っても、寝付けないことは分かっている。一日の出来事を反芻《はんすう》する内に、考えるのは自然と江永のことになった。自分の過去をまき散らす酔っ払いに、私はなんて言葉を掛けたら良かったのだろう。

　気にしなくていいよ。——一体何様なんだ。

　生きてたらいいことあるって。——そういう言葉、私は大嫌い。

　脳内で捻りだした励ましを、即座に自分が切り捨てる。前向きな言葉を掛けるのは、苦手だ。そもそも私自身、前向きな言葉を嫌っている。私の嫌いな前向きな言葉ランキング第一位は、『止まない雨はない』だ。あの、良いこと言ってる風のやつ。

　もしかしたら十年後、幸せを摑んだ自分はこう言っているかもしれない。「あの時頑張ったから、今の自分があるんです。生きていて良かった」と。だけど別に、たとえ十年後に想像できない幸福が待っていたとしても、今の自分が生きていたくないことに変わりない。止まない雨はないかもしれないが、雨に耐え切れず野垂れ死ねば、空が晴れると知ることはない。生存者バイアスにまみれた言葉は、私以外の誰かの為に掛けてやってくれ。……なんて、ひねくれたことを思ってしまう。

結局のところ、私なんかが誰かを励ますことなんて出来ないのだろう。周りを見下して生きて来たから、誰かを思いやる訓練をしてこなかった。私は、何も知らない。何も分からない。

まっとうな人間って何なんだろう。まっとうな人生って、一体何だ。揺らぐアイデンティティが、私を不安の海に突き落とす。母親と一緒にいる時は日々のノルマをこなすだけで済んだのに。視野が広がる度に、考えることが苦しくなる。

全身の感覚が薄れ始めたことに気付き、そろそろ眠れるのだなと思う。深く息を吸い込むと、古びた畳の匂いがした。布団の隙間を縫うようにして入り込む、枕元に置いた芳香剤の香り。作り物であることが明らかな濃いミントの匂いが、私の気持ちを落ち着かせた。

結局、江永のレポート提出は間に合った。昼過ぎに起きた彼女は四時間でレポートを仕上げ、教授のアドレスにデータを送信した。「やればできるのよ」と彼女は得意げに言ったが、どちらかと言えばやらなきゃいけなくなるまでやれないの方が正しいだろう。

その日、私は大学に足を運び、授業時間内でテストを受けた。大学で行われるテストはいくつか種類がある。テスト期間内に行われるものと、授業中に行われるものだ。両者の違いがどこにあるのかは知らないが、多分、教授の意向なども反映されているのだろう。

　中国語のテストは持ち込み禁止だった。うっすらと覚えた単語と文法を使って、問題文を淡々と翻訳していく。日本語もおぼつかなくて、英語だって使いこなせない。中国語なんてもっと分からなくて、なのにテストには合格できる。

　チャイムが鳴り、解答用紙を提出する。そのまま教室から廊下に出て、私は軽く伸びをした。授業がある最後の週ということもあり、普段よりも人通りが多い。サボっている学生たちが単位目当てに授業に参加しているせいだ。

「ねえ」

　不意に背後から肩を叩かれ、私は反射的に振り払っていた。振り返ると、テストを終えた木村が真後ろに立っていた。

「何？」

「ちょっと聞きたいことがあるんだけど」

　そう言って、木村は後ろめたそうに目を伏せた。透明なレンズ越しに、彼女の薄い一重瞼が震えるのが見える。ショートカットの黒髪は、癖がなく真っ直ぐだ。

「聞きたいことって？」

　江永のことだろうか。木村はこれまでも何度か私に江永を警戒するよう訴えていた。まさか私と江永が一緒に住んでいるとは、露ほども思っていないだろう。

　木村は自身の両手を擦り合わせ、それから言った。

「あのさ、アルバイトってどうやったら始められるの」

「はい？」

耳に入った言葉が予想外で、私は思わず聞き返してしまった。ごくありふれた問い掛けだ、相手が木村でなければ、だが。

「お金を稼ぐのは卑しいことなんじゃなかったの？」

過去の木村の発言を持ち出せば、彼女は露骨に嫌そうな顔をした。

「あの時は、学問より金稼ぎを優先すべきって態度が卑しいって思っただけ」

「というか、何で私に？」

「宮田さん、アルバイトに詳しそうだったから」

「別に詳しくないけど」

「でも、バイトしてるんでしょ？　バイトってどうやって探したらいいの？」

「いや、今時探すの簡単でしょ。ネット使えばいいし」

「ネット？　そういう素性が分からないバイト先は怖い。ブラックバイトかもしれないし、リスクもあるし。大体、ネットとか信用できなくない？　騙されそう」

いけしゃあしゃあと言ってのける木村に、私は大きく溜息を吐いた。心配性と思うべきか、世間知らずと思うべきか。

「じゃ、ウチのバイト先で面接受けてみれば？」

「いいの？」

「いいもなにも、受けるのは個人の勝手だし」

今や、コンビニはどこも人手不足だ。労働環境の改善が叫ばれる昨今の時世と、二十四時間営業のシステムは相性が悪い。店長は本部と従業員との間で板挟みとなり、いつも胃を痛めている。

「私のバイト先、ここ。まぁ、江永も働いてるんだけど」

コンビニの紹介ページのＵＲＬをメッセージとして送る。江永という名前を聞いて、木村は一瞬だけ顔をしかめた。

「背に腹は代えられないか」

「そんなに嫌なら別のコンビニでもいいと思うけど」

「知り合いが一人もいないところで働くのは嫌だし」

「友達いるんでしょ？　その子に紹介してもらえばいいのに」

「友達は、いない」

そう言って、木村は唇を軽く噛んだ。白い頬に薄っすらと朱がさす。彼女にとって、友達がいないということは恥ずべきことなのかもしれない。

「そうじゃなきゃ、わざわざ宮田さんにこんなこと頼まないよ」

「それもそうだね」

私と木村は別に、特別親しい仲じゃない。木村の頼みなんて、無視したって構わなかった。だが、今の自分は誰かに頼られて無視するほど、心の余裕がないわけでもない。

気まずそうに目を伏せる木村を見下ろし、私は考える。

彼女は何故、急にバイトを始めようと思ったのだろうか。


結果から言えば、木村はあの後すぐ採用となった。新人である彼女には研修が必要なため、しばらくの間は店長がサポートに付くらしい。


「例の新人、宮田ちゃんの紹介なんだって？」

火曜日の深夜。いつものようにレジ前に立った私に、堀口はニヤニヤと笑いながら話し掛けて来た。今日の彼の髪は、湿気のせいで普段よりも暴れている。

「一緒のシフトだったんですか？」

「土曜の早朝シフトが一緒だった」

ガラス壁の外では激しい雨が降っている。ただでさえ今の時間帯は客が少ないというのに、この天気だとますます客が来ないだろう。レジカウンターにもたれ掛かり、私は堀口の顔を見上げる。店内に流れる音楽は、雨の音に掻き消されそうになっていた。

「どうでした？」

「まぁ、ぱっと見はちょっと大人しい、普通の子だよね。挨拶とか全然声出せないし。飲み込み遅いし」

「バイトは初めてって言ってましたし、ある程度は仕方ないですよ」

「まーねー」

堀口が自身の顎を擦る。その瞳が、面白がるようにきょろりと動いた。

「木村水宝石《あくあ》さん、そこそこ金持ちみたいだよ。こんなとこでバイトする必要なんてないくらいにさ」

「あくあ？」

「あの子の名前だよ。友達なのに知らなかった？」

「そもそも友達って言うほど仲がいいわけじゃないですし」

木村あくあ。それが彼女の隠したがっていた秘密だろうか。確かに、あくあよりは郁美《いくみ》とか桜《さくら》とか、そういった和風な名前の方が似合っている気がするが、別に隠す必要があるとは思えない。

「っていうか、さん付けなんですね」

私の指摘に、堀口は舌を出しながら器用に笑った。涙袋が微かに持ち上がり、彼の目を弧に歪める。

「だってあの子ヤバいもん。地雷臭半端ない」

「女子なら見境なしだと思ってました」

「いやいやいや、宮田ちゃん俺のことなんだと思ってるワケ？」

わざとらしく堀口が口を尖らせる。あしらうのも面倒で、私は強引に話を進めた。

「で、木村さんの何がヤバいんですか？」

「あの子、大学近くのマンションに住んでるんだって。十二万円の家賃を払ってもらってて、更に仕送りで毎月十五万円もらってるらしい」

「バイトなんてする必要ないですね、確かに」

「でしょ？」

「というか、それを聞き出せた堀口さんの会話能力も凄いと思いましたけど」

見た目からして、木村は警戒心が強そうだ。同じシフトだったからといって、初対面の男相手に個人情報を簡単に話すだろうか。現に、私は木村のことをほとんど知らない。

私の視線を受け止め、堀口は自身の生白い手の甲を何度か搔いた。長い指、長い爪。不健康な印象を受ける彼の容姿の中で、唯一存在する美しいパーツだ。

「宮田ちゃんだって、俺相手には色々と喋るじゃん。それと一緒だよ」

「私、堀口さんに心を開いたつもりはないですけど」

「別に。人間が自分のことを相手に喋る理由は、それだけじゃないでしょ」

僅かに開いた彼の唇の隙間から、ヤニで黄ばんだ前歯が覗いている。脱色したばかりの金髪は色が明るすぎて、彼には不似合いだと思う。だが、何色が似合うのかと尋ねられても、私はきっと答えることが出来ないだろう。

どんな色も、堀口が身に着けた途端に不格好なものになってしまう。どこにいようと、彼は世界に馴染《なじ》まない。

「自分より下に見ている相手には、誰もが口を滑らせる。俺はね、他人から侮《あなど》られるのが得意なんだ」

「それ、得意って言います？」

「意外と難しいんだよ？　舐《な》められるの」

そう言って、堀口はへらへらと軽薄に笑った。世の中を手玉に取っていると思い込んでいる浅慮な男。そんな表現が、ふと脳裏にちらついた。

「それでまあ、話を戻すけど、木村さんがなんでバイトを始めたのか俺は気になったわけ」

「聞き出せたんですか？」

「まあ、やんわりとは。あの子、アレやってるよ」

勿体ぶるように、堀口は一度口を閉じた。その茶番に付き合い、「アレって？」と私は合いの手を入れる。酒か、煙草か、ギャンブルか、男か。脳裏に浮かんだ候補のほとんどが、堀口にも当てはまった。

堀口は無人の店内をキョロリと見回し、それから声量を落として言った。

「宗教」

予想外の単語に、私は目を見開いた。堀口の揶揄《やゆ》するような表情からしても、キナ臭い話だとすぐに分かった。

「それは、新興宗教的な話ですか」

「そうそう。しかも、相当入れ込んでるみたいだったよ」

「なんで分かったんですか？」

「いやー、勧誘されたから」

そういえば大学に入学してすぐの頃、学校側から注意喚起のチラシを渡された。サークルと称す団体の中には宗教組織や政治活動家、犯罪グループなどが混じっている危険があるから注意しろ、という内容だった。その時はサークルなんて自分に無関係だと思っていたから、気にも留めなかったが。

「人生に悩んでるなら、相談に乗ってくれる先生がいるんですよって。私の紹介なら最初は無料ですって言われたんだよねー」

「なんでそんな話の流れになったんですか」

「木村さんがそういう話したがってるように見えたから、さりげなーくサービスしてあげたの。向こうが喜びそうな話してさ。あの子、警戒心が強そうに見える割に、コロッとすぐ人を信じちゃうよね。俺が詐欺師だったらカモにしてるよ」

「嘘吐いたんですか」

「吐いてない吐いてない。ただ、俺の可哀想なこれまでの話を色々と誇張して喋っただけ」

「それを嘘って言うんですよ」

もしかして、堀口がこれまで私に話したことも嘘だったりするのだろうか。それを考えた途端、鳩尾《みぞおち》辺りにひゅっと冷たい風が吹いた。感じたのは薄気味悪さだ。侮っていた相手にしてやられた時のような、居心地の悪さを覚える。

堀口に脅威を感じたくない。彼にはずっと、社会の底辺で転がっていて欲しい。自分より格下の存在であってくれ。そんな風に思ってしまう私は、正真正銘のクズだ。

自嘲を押し隠すように、私は意図的に瞬きを繰り返す。強張った頬が、徐々にほぐれていくのを感じる。

「話を戻しますけど、相談する先生を紹介するって、別に宗教とは限らないですか？」

「いや、それがね、その先生の名前を聞いたのよ。一部の界隈では有名な人って言うけど、なんて名前の人なの？　って。そしたら、そしたらね――」

耐え切れないとばかりに、堀口が引き攣るような甲高《かんだか》い笑い声を漏らす。彼は何度も口を開いて続きを語ろうとしたが、その度に込み上げてくる笑いに邪魔されていた。腹を抱えたまま、堀口は浮かんだ涙を拭う。ヒーヒーと声を漏らしながら、彼は息も絶え絶えに告げた。

「宇宙《コスモ》様、だって」

「コスモ？」

「宇宙って書いて、コスモ。神様の声を聞けるらしいよ。ヤバくない？　そんなの今時、引っ掛かる奴いるぅ？」

ギャハハ、と殊更に声を張り上げて笑う堀口は、心底楽しそうだった。私の前では馬鹿にした態度を隠さない堀口だが、木村の前では神妙な顔で相槌を打ってやっていたのだろう。

「でも、堀口さんの話でちょっと納得しました」

「何が納得？」

「木村さん、一年の頃は普通に他の女子と一緒に過ごしているところを見掛けたのに、最近はいつも一人だったので。多分、その勧誘活動のせいで友達が減ったんですね」

「学科の子達の間でその噂が回ってたのに、宮田ちゃんはハブられてたから知らなかったってことか」

「いやまぁ、ハブられてるワケじゃないですけど。単に友達がいないだけで」

「江永さんがいるじゃん」

「江永も浮いてるので」

「だから二人共、大学のゴシップには疎いんだね。可哀想に」

ゴシップに疎いことがどうして可哀想なのか。堀口の感性は私とかけ離れているため、理解不能だと切り捨ててしまいたくなることがしばしばある。だが、もしかすると彼の方が平均的な大学生の思考に近いのかもしれない。

私には、『普通』がよく分からない。

「木村さん、宇宙様の為にバイトを始めたみたいだよ」

「宇宙様、お金とるんですね」

「らしいよ。あーあ、俺がユーチューバーだったらなぁ。カメラ回して突撃したのに」

「別に今からユーチューバーになってもらっても大丈夫ですけど」

「やんないやんない。宗教家を相手にするとか怖いもん。俺、そういうヤバイ案件には近付きたくないのよー」

あ、と堀口が自動ドアの方を見遣る。ガラス越しに、黒いナイロン傘が近付いてくるのが私の目にも映った。夜の闇に紛れたそれは、巨大なコウモリみたいに見える。

男は巨大な傘を店前でたたみ、傘立へと無理やり押し込んだ。傘は一瞬だけはちきれそうなほど膨らんだが、すぐに枠に合わせて細長く変形した。曲がった背中を見て、煙草を買いに来た常連客だと私はようやく判断する。彼は自動ドアを潜ると、真っ直ぐに堀口の立つレジへと向かった。

「雨が降ってて参ったよ」

そう機嫌よく語りだした男を横目で眺めながら、私は手持無沙汰な手を組み替える。

他人にとって都合のいい奴のフリ。以前に聞き流した堀口の台詞が、何故か唐突に苦みを伴って蘇った。


「相談したいことがあるの」

そう木村から電話が掛かってきたのは、大学が定めるテスト期間が終わり、夏休みを迎えた翌日のことだった。なんでもバイトについて話したいことがあるらしく、自分のマンションまで来いと会う場所まで指定された。「断れば？」とビーズクッションに座りながら江永は言ったが、私は了承の返事をした。普段なら絶対に断っていただろうが、バイト中に聞いた堀口の笑い声がどうにも脳にこびりついて離れなかった。要は、好奇心を抑えられなかったのだ。

そして当日。木村の住んでいるマンションは、堀口の事前情報通り平均的な学生の住む建物と比べて高級そうな造りをしていた。まず、部屋と部屋の間隔が離れている。オートロック式で、さらにエントランスまである。ここに来る前にスマホで調べたところ、全ての部屋が１ＬＤＫで、家賃は管理費込みで十二万円だった。女性専用マンションで、住人は一人暮らしのＯＬが多いという口コミもあった。

　エレベーターを降り、３０４のインターフォンを鳴らす。フロアの隅には防犯カメラも設置されていて、しっかり防犯対策がなされていた。

「いらっしゃい」

　そう言って木村が扉を開けた途端、強くお香の匂いがした。普段、木村から漂っている香りを数倍濃縮したような香りだった。お香をコンセプトにしたヘアコロンや香水ではなく、本当に部屋で焚《た》いていた匂いだったらしい。驚きを隠せず、私は一瞬硬直した。

　玄関でスリッパを出して来た木村は、普段通りのシンプルな服装をしていた。ジーンズにＴシャツ。私と同じように、飾り気のない格好だ。アクセサリーなんて全く好まなそうなタイプなのに、木村の手首にはいつもガラス製のブレスレットが巻かれている。初めて言葉を交わした時から、彼女の左手首の装備品は変わらない。

「おじゃまします」

「どうぞ」

　ふかふかのスリッパを履き、短い廊下を通って木村は私をリビングへと案内した。木村が引き戸を開けた瞬間、視界に流れ込んできた色彩に私は一瞬だけ狼狽《うろた》えた。

ピンク、ピンク、ピンク。目に映る家具のほとんどが、明度の違うピンク色で統一されている。たっぷりとフリルのあしらわれたカーテン。ふわふわのカーペット。窓際に置かれたお手製のキルト人形。ダークチェリー色の本棚にはぎゅうぎゅうに青年漫画が詰め込まれており、部屋の雰囲気と恐ろしいくらいに合っていない。この部屋の主である木村すら、異物のように空間から浮き上がって見える。

「この部屋、木村さんの趣味なの？」

「そんなわけないでしょ」

あっさりとそう言って、木村は肩を竦めた。「早く座って」と促され、私は二人掛けソファーへと浅く腰掛ける。木村はカウンターキッチンの奥で冷蔵庫を探っていた。上半身を伸ばして中を覗くと、木村の身体の隙間から大量に詰め込まれた保存容器が見えた。

「作り置きしてるんだね」

「お母さんがね。毎週家に来てはご飯を作って置いてくの。頼んでも無いのに洗濯したり、掃除したり」

「近所に住んでるの？」

「まさか。九州から毎週、飛行機で来てる」

木村は私に水入りのペットボトルを差し出した。藍色のパッケージで、中央にぽつんと銀色の円だけが印刷されている。かなりスタイリッシュなデザインで、メーカー名すら記載されていなかった。

木村は私の隣に座り、個包装されたお菓子の入ったバスケットをテーブルへ置いた。バスケットの中敷きには花柄の白いレースが使われており、持ち手の部分は桜色のリボンが巻かれていた。

眼鏡の端を軽く持ち上げ、木村がバスケットの方に向かって顎を軽く突き出す。

「好きなの食べていいよ。これもお母さんが買ってきた九州土産だから」

「毎週飛行機使ってるって、交通費ばかにならないでしょ」

「知らない。向こうが勝手にやってることだから。ホントお節介なんだよね」

心底うんざりしているのか、木村の眉間に深い皺が寄っている。その姿が、私の目にはひどく甘えた奴に映る。世話を焼いてくれる母親がいることに感謝すればいいのに、自分の受けている恩恵の自覚がない。

「家具もさ、全部お母さんが選んだやつ。母親から離れたくて一人暮らしできる大学を選んだのにさ。過干渉なんだよね、昔から」

「木村さんって兄弟はいるの？」

「いないよ、一人っ子。だからお母さんも私のことばっかり気に掛けてるの。『ちゃんとご飯食べてる？』、『ちゃんとお金は足りてる？』って、毎回確認してくる」

「凄く良いお母さんじゃん」

「本当にそう思う？　私はずーっと放任主義の母親に育てられたかったたって思ってるけどね。結構ウザい」

「そんな言い方したらお母さんが可哀想じゃない？　仕送りもくれてるんでしょ？」

「親なんだから、仕送りするのは当たり前じゃん」

どうやら木村も堀口と同じ主張らしい。恵まれた人間はこれだから、と私は思わず溜息を吐く。賛同されなかったことが不満だったのか、木村が唇を尖らせる。

「お金を出してるからって、娘の人生に干渉する権利があるのかって思わない？」

「じゃあ自立すればいいじゃん」

「そんな簡単な問題じゃないんだよ、宮田さんには分かんないだろうけど」

「はぁ」

他人の金で家を借りて、他人の金で飯を食って、他人が家事をした家に住んでいる。それなのに、木村は干渉されるのが嫌だと言う。その考え方が、私にはよく理解できない。

木村の話を聞いていると、相槌の代わりに舌打ちしたくなる。この部屋は、柔らかな檻だ。母親の愛で構成された、傷付けられることのない檻。ここにいたら木村は不自由することがないというのに、当の本人は母親からの恩恵を手放さないままに自由を欲しがっている。それって身勝手じゃないの、と思う。母親も、木村を想って色々とやっているんだろうに。

「で、相談って結局何なの」

「これなんだけど」

そう言って、木村は自身のスマートフォンをテーブルに置いた。ケースに入っていない、剝き出しの本体だ。

「これが何？」

「今からお母さんが電話掛けて来るんだけど、その対応をお願いしたいの」

「は？」

予想外の頼みに、低い声が喉から漏れた。

部屋の隅で焚いているお香の煙が、香りを乗せてふわふわと漂っている。メルヘンな部屋に不似合いな神秘的な香り。木村を構成しているものは、何もかもがちぐはぐだ。

「対応って、どういうこと？」

「お母さん、すごく心配性なの。二時間に一回は連絡してくるし、ちょっとでも連絡が取れないとパニックになっちゃって。で、ここ最近、私、バイト始めたでしょ？　毎回、友達と遊んでるって嘘吐いてるんだけど、それもそろそろ苦しくなってきて」

「本当のこと言えばいいでしょ、バイトしてるって」

「そんなのバレたら怒られるじゃん」

当たり前みたいな顔で言い返され、私の頭の中は疑問符でいっぱいになった。自分の力でお金を稼ぐことに対して、どうして叱られなければならないのか。

「だからね、宮田さんが私といつも遊んでますって言ってくれたら、多分お母さんも信じるから」

「遊んでないじゃん」

「そこらへんは話を合わせてよ。ほら、授業のプリント見せてあげたでしょ？　あの時の恩、いま返してくれたらいいから」

その理屈で言えば、バイト先を紹介した時点で恩は返せていると思うが。不服だったのが顔に出ていたのだろう。木村は目の前で両手を擦り合わせると、「お願い」と珍しく殊勝な声で言った。

「私のお母さん、私のこと全然信用してないの。彼氏が出来たって疑ってるみたいで、このままだと下手したら警察呼ばれちゃう」

「そんな大袈裟な」

「本当なんだって。この前だってそうだよ、うっかり寝ちゃって返事を忘れてたら、朝に管理人さんがうちに来たの。行方不明の可能性があるって通報がきたって。お母さんってばもう何度もやらかしてるから、完全に迷惑クレーマーみたいになっちゃってて、本当に嫌なの」

「いやもう、彼氏って思わせておいた方が良くない？　そこまでやられるんだったら」

「ダメダメ。そんなこと言ったら、今度は会わせろって言い出すから。お母さん、私が変な男に捕まって婚期を逃さないか心配してるの、そもそも相手すらいないのに。この前も、私に黙って勝手に結婚相談所に登録してたし」

確かに、そこまでされたら過剰な反応も仕方ないのかもしれない。これまで突き放して来たが、木村に対して少しの同情心が湧く。

「……分かった。とりあえず、最近は一緒に過ごしてますって言えばいいのね？」

私の言葉に、木村の顔がぱっと明るくなる。透明なレンズ越しに見える両目がキラキラと輝いた。

「その代わり、なんで木村さんが私に頼ってまでバイトを始めようと思ったのか、教えてもらうからね」

「ありがとう」

私の言葉に、木村はきゅっと自身の唇を引き結んだ。その時、テーブルの上に置かれたスマートフォンが無機質な着信音を鳴らした。すぐさま木村がスマホを手に取り、「もしもし」と低い声を出す。相手は母親らしく、彼女は苛立たしそうに相槌を打った。

その姿を眺めていると、心臓がきゅっと締め付けられた。不意に思い出したのは、自身の母親のことだった。彼女は今、何をしているのだろうか。髪に絡みつくヘアスプレーの爽やかな香り。手の平から漂ったハンドクリームの匂い。断片的な記憶ばかりが鮮烈で、彼女の表情を上手く思い出すことが出来ない。絵の具を水に溶かしたように、記憶が次第にぼやけていく。あの人は私の母親だったのに。私の脳味噌は既に、消してもいい記憶として処理し始めている。

「宮田さん、お願い」

木村に肘で小突かれ、私ははたと我に返った。スマートフォンを受け取り、右耳に押し当てる。聞こえる声は想像よりも穏やかだった。

「貴方が水宝石ちゃんのお友達の宮田さん？」

「えぇ、そうです。木村さんにはいつもお世話になっています」

私達の会話に、木村は傍らでじっと聞き耳を立てている。

「最近、水宝石ちゃんったら何かおかしいことしてない？　こんなことお友達に聞くのも変なんでしょうけど、何か変なことに巻き込まれていないか心配で」

「大丈夫ですよ、お母さんが思ってるより木村さんはしっかりされてますから」

「そうは言っても、まだ未成年でしょう？　近くにいたら安心なのに、遠い大学なんて選ぶから」

「木村さんは同年代の子に比べても真面目に勉学に励んでいると思いますよ。お母さんが心配される気持ちは分かりますが」

「あら、そうかしら。宮田さんもなんだか真面目そうだしねぇ。夜遊びとかじゃなきゃ、私もとやかく言うつもりはないんだけれど」

「至って健全な学生生活を送られてますよ。むしろ、付き合いが悪いと他の友人からどやされるくらいです」

「あらあらあら、そうなの」

「えぇ、だからご安心ください」

淀《よど》みなく言葉が出てくるのは、バイト経験の賜物だった。自分という人格を消して、店員の役になりきって喋るのにはもう慣れた。宮田陽彩という人間は、そこにはいない。

コミュニケーション能力って何だろう。頭を空っぽにして喋る度に、同じ疑問が湧き上がる。堀口の接客は堀口にしか出来ないものだ。だが私の接客は、別に私じゃなくてもいい。コミュニケーション能力と世間的に呼ばれているものが周囲と同化する能力を指すのならば、やっぱり私には持ちえないものだ。まともな人間のフリをし続けるのは、とてもとても、疲れる。

「でも、もしもってこともあるから、私の電話番号を宮田さんに教えてもいいかしら。水宝石ちゃんには内緒にしておいて。あの子、私がこんなこと言ったって知ったら怒るから」

「えぇ、それは勿論」

面倒くさいという内心をおくびにもださず、私は穏やかに頷いた。告げられた数字を自身のスマホメモに書き記しておく。アドレス帳に登録しなかったのは、木村の母親の痕跡がハッキリとスマホに残るのが嫌だったからだ。

「それじゃあ、これからも水宝石ちゃんと仲良くしてあげてね」

そう言って、木村の母親は会話を締めくくった。どうにか場は凌《しの》げたらしい。私は安堵の息を吐き、木村にスマホを返した。彼女は母親といくつか言葉を交わし、それから電話を切った。ソファーの背もたれに身体を預け、ふぅー、と木村は深く息を吐く。

「助かった」

「優しそうなお母さんだったけど」

「物腰が柔らかいだけで、パニックになったらヤバいよ。所謂《いわゆる》、毒親って奴」

「あの程度で？」

「宮田さんは私のお母さんの本当のヤバさを知らないだけ」

そっぽを向く木村の後頭部を、私は黙って眺める。比べる対象が自分や江永であるせいで、可哀想と思う基準が狂っているという自覚はあった。それでもやっぱり、木村は甘えていると思う。恵まれた環境や、決して自分を見放さない母親に。

「私のお母さん、昔から私のこと可愛い可愛いって言って聞かないの。服とかも無理やり一緒に買いに行かされるんだけどさ、試着室で服を試す度に『女優さんみたーい』『アイドルより可愛い』って褒めちぎるんだよ。店員さんも苦笑いでさ」

「ただの親馬鹿じゃん。愛されてる証拠だよ」

「愛されてたら、子供はなんでも許さなきゃいけないわけ」

反論の台詞に、鋭く息を吸い込む。自分が一番言われたくない言葉を無意識のうちに木村へとぶつけてしまっていた。こんなのは単なる八つ当たりだ。木村の母親への言動を見ていると、どうにも苛々してしまう。

「今のは私が悪かった」

「分かってくれるならいいけど」

木村はふんと短く鼻を鳴らし、両膝を揃えたままソファーに座り直した。

「で、木村さんは結局何でバイトを始めたの」

「それは、お金が必要だったから」

「何に使ってるの？　仕送りもあるなら必要ないと思うけど」

私の問いに、木村は後ろめたそうに目を伏せた。彼女の指先が、重い前髪を整える。その手首で光る、虹色に輝くブレスレット。

「……宇宙様？」

思わず口を衝いて出たのは、堀口が語っていた奇妙な単語だった。木村の両目が見開かれる。

「知ってるの？」

知ってるとはどういう意味だろうか。木村が宇宙様に傾倒していることに対してか、それとも宇宙様という存在に対してか。

膝の上で、私は自身の右手の薬指を左手で握り込む。堀口がどういうスタンスで木村と向き合っていたのか、きちんと聞いておけば良かったかもしれない。相手の反応を窺いつつ、私は探り探りに言葉を絞り出す。

「知ってるというか、聞いたというか……」

「あぁ、もしかして堀口さんから？　悩みがあるって言ってたから紹介しようかと思ったんだけど」

「あの堀口に、悩み？」

「家庭環境に問題があって悩んでるんだって。ずーっと弟と比較されて育ってきたらしくて、人生に助言が欲しくて仕方ないって」

そんなの、どう考えても堀口が話を合わせただけだ。だが、それを木村に告げるのも酷というものだろう。得意げに話す木村を前に、私は自身の相槌が小馬鹿にした響きを持たないように細心の注意を払った。

「宇宙様って、そんなに凄い人なの？」

私の問いかけに、木村ははにかむように目を伏せた。頬を薄く朱に染める彼女の心境が、私にはまったくと言っていいほど想像できない。

「私が宇宙様に出会ったのは大学二年生になってからなんだ。私、一年生の時は勉強に専念しようと思ってサークルに入らなかったんだけど、周りを見てたら羨《うらや》ましいなって思って。それでサークルを探してた時に、虹川《にじがわ》勉強会っていう勉強サークルを見付けたの。虹川さんって卒業生が幹部をしてて、卒業論文とかテストとか、就活の相談まで乗ってくれるの。人数も少ないし、非公認サークルなんだけどね」

私立大学の学生数は多く、公認サークルと非公認サークルが入り乱れて存在している。前者は大学から部室が与えられており、後者は学生たちが勝手にどこかで集まっては自由気ままに活動を行っている。リスクがあるのは当然後者だ。

「私、就職活動が不安だったから、ＯＢの人たちに指導してもらえるのすごくありがたくて。それでいっぱい進路について相談してたら、虹川先輩が宇宙様に特別に会わせてくれるって言ってくれたの」

「その宇宙様っていうのは何をしている人なの？」

「凄い占い師だよ！」

　木村がこちらに向かって身を乗り出す。興奮で膨らんだ鼻孔から、勢いよく空気が漏れている。二の句が継げないでいる私に、「あっ」と木村は慌てたように両手を左右に振った。

「宮田さんが怪しいって思うのも分かるんだよ？　だけど、そういうのじゃないの。宇宙様は普段は政治家とか偉い人を相手にしてるんだけど、慈善活動で若者の相談にも乗ってくれてるんだ。先輩たちにも、宇宙様のおかげで就職出来たり結婚出来たりした人がいっぱいいてね」

　話を聞けば聞くほど胡散臭《うさんくさ》い。強張る口角を意識的に下げ、私は首を傾げた。

「もしかして、木村さんが前にお金稼ぎは卑しいって言ってたのって、その宇宙様の影響？」

「そうだよ。宇宙様がね、人間が不幸になる原因は汚いお金が流れ込んでしまうことだって言うの。自分が望まないお金を捨てることで、浄化できるって。もしそれをしないと、将来私に大事な人が出来た時に穢れがずっとついてまわるって」

　なんと言っていいか分からず、私は頬を引き攣らせた。あからさまに私の顔が歪んだことを察してか、木村が激しく首を横に振る。

「いや、分かるんだよ？　怪しいなって。私だって別に、百パーセント信じてるってわけじゃないし。でもね、この世界の全てが科学によって解明されてるワケじゃないでしょ？　だったら宇宙様みたいな不思議な力を使える人が存在する可能性だってあるんじゃないかなって、ちょっと思ってるだけで」

信じていることを否定する割に、やたらと長文で言い訳をする。「この石を見て」と木村は手首に着けたブレスレットを私の眼前に突き付けた。ガラスで出来たブレスレットが、蛍光灯の光を浴びてキラキラと無邪気に輝いている。

「これはね、宇宙様の力を宿した特別な守護石なの。ただの石がこんなに光ってるのもね、宇宙様の力が込められてるからなの。これを着けていたら、起こるはずだった不幸がマシになるんだって」

木村はホログラム加工というものを知らないのだろうか。或《ある》いは、知っているのに知らない振りをしているだけか。不思議な力と呼ぶには、あまりにお粗末すぎる。

「母親からもらったお金は、私にとって穢れなんだって。だからね、宇宙様に渡して浄化してもらってるの。でもそうしたら生活するお金が無くなっちゃうから、」

「だからバイトか……」

「そう！　宇宙様って、若者には本当に優しいんだよ。普通は相談するのに一時間で五十万円かかるらしいんだけど、若者は宇宙様にお金を納めて法具を頂いたら相談に乗ってもらえるの。渡したお金に応じて法具を頂けるんだけど」

「法具っていうのがそのブレスレット？」

「そうそう。あとは今焚いているお香もそうだよ。私の一日の運気を上げてくれるの」

木村の身体に染み付いた香りの原因まで解明されてしまった。どう考えても、木村はその宇宙様とやらに騙されているとしか思えない。

「あとはこの浄化水」

テーブルの上に置かれたペットボトルを持ち上げ、木村が軽く振って見せた。巻かれたラベルの中央で、銀色の円が怪しく光っている。

「この水もなんかあるの？」

「これは宇宙様が清めてくれたお水なんだよ。これを毎日飲むことで、身体の中に溜まった穢れを排出することが出来るの」

「ちなみになんだけど、こういう法具を貰うのにいくらぐらい渡してる？」

「いくらっていう決まった値段はないんだよ、買い物じゃないから。でも、お水の場合、三十万渡したら百本頂くって感じかな。ブレスレットは最初の勉強会の時に宇宙様のご厚意で頂いたの。あと、お香は大体、ひと月分で十万円くらい」

三十万円で百本ということは、この水はペットボトル一本で三千円ということになる。とんでもない商売だが、騙される方も騙される方だ。どうしてそんな大金を見ず知らずの人間に渡す気になるのだろう。そもそも、木村がバイトを始めたのは最近になってからだ。三十万円なんて大金が手元にあるのは、親からの仕送りのおかげに違いない。

「あ、でもこれはあくまで気持ちだから。あと、さっきも言ったけど、宇宙様って本当に若者に優しいの。普通なら相談料って一回五十万円からなんだけど、若者相手だったら水を百本受け取る度に相談時間を設けてくれるんだよ。他にも、百万円をお布施したら一日一緒に出掛けてくれる権利を頂けたり、新しい相談者を紹介したら最初は無料で相談に乗ってくれたりするの！　本当にお優しい方なの」

間を埋めるように、木村が怒濤《どとう》の勢いで捲し立てる。

百万円で一緒に出掛けられるだなんて、単なるデート商法だ。だが、金の使い方は当人の自由だ。コンビニのレジ近くに陳列しているプリペイドカードの存在が脳内に浮かび、私は軽く目を伏せる。多くの人間が自分の為に金を稼ぎ、自分の為に金を使う。当人が満足しているのなら、それに他人が口出しする権利など本当にあるのだろうか。閉じ掛けた唇が、不自然な形で硬直する。思考に引きずられるように、記憶の断片がずるずると過去から蘇る。

数ヵ月前、実家のゴミ箱に突っ込まれていた何枚ものプリペイドカード。レアなキャラクターを引いたと無邪気に喜ぶ母親。それに対して抱いた、虚無感、徒労感。ネイルサロンで手入れされた彼女の指先と、百円ショップで買った爪切りで雑に切り揃えられた私の爪。焦《こ》げたパンの匂い。濃く入れ過ぎた珈琲。抜け落ちた髪の毛が散らばるカーペット。

本人が満足しているなら見て見ぬふりをした方がいい、不機嫌になった母親は扱いが面倒だから。そうやって、私は抱いた反感を無視し続けた。止めようとしたって無駄だと決めつけていたから。その結果、私と母親は決裂した。

木村にだって、友達がいた。彼女が宇宙様に傾倒するのを止めようとした人間はいたはずで、だけどその声は彼女の耳に届かなかった。別に、木村が可哀想だとか、そんな優しい心を持ち合わせているワケじゃない。ただ、木村がお布施と称して手渡している金は、木村自身が稼いだものじゃない。彼女の親が稼いだものだ。その事実がひたすらに胸糞悪かった。そんな金の使い方はクソだと思った。

「ねえ、その宇宙様に私も会える？」

私がそう尋ねた瞬間、木村の両目がパッと明るく輝いた。闇色の瞳に、星屑《ほしくず》の欠片がきらりと散らばる。

「宮田さんが宇宙様に興味を持ってくれるなんて嬉しい！　私、宇宙様にも言われてたの。貴方の周りで穢れが溜まっている子がいたなら、その子を救ってあげなさいって」

もしかしなくとも、穢れが溜まっている子というのは私のことか。木村が私に頼ってきた理由も、なんとなく察してしまう。

「虹川先輩に、宇宙様と会わせてもらえるように頼んでおくね」

木村が歯を見せて笑う。彼女と出会ってから初めて見た、満面の笑みだった。

大皿に盛ったチンジャオロースを、江永は自身の箸で直接小皿に移す。時刻は午後八時十三分。テレビからはサスペンスドラマの陽気なＢＧＭが聞こえていた。私と江永のどちらの予定も空いている日は、コタツを囲んで一緒に晩御飯を食べることにしている。録画されたデータの選択権は江永にあるため、食事をする時は大抵、テレビ画面の向こうで誰かが死んでいる。

「テレビを見てたらさ、ドラマとかでたまに猫を蹴ったりするシーンあんじゃん」

くちゃくちゃとピーマンを咀嚼しながら、江永が言った。その視線の先はテレビ画面に固定されたままだ。

「そんなシーンある？」

「あるある。そういう時にさ、アタシ、目を逸らしちゃうわけ。ネコちゃんカワイソーって思って。けど、こうやって人間が殺されるシーンは何とも思わないんだよね」

画面の中で、男が女に刺された。腹部に深々と突き刺さったナイフには、赤い血糊《ちのり》がべっとりと張り付いている。

「あーあ、人間ちゃんカワイソー」

私の台詞に笑いながら、江永はソースのついた唇を指先で拭った。

「人間ちゃんはすぐ死ぬからなぁ」

「実際、江永は人が死ぬところって見たことある？」

「宮田はあんの？」

「ないよ」

私が左手に持っている茶碗には、白米が八割ほどよそわれている。私の米は食べ始めてから食べ終わるまでずっと白いけれど、江永のご飯はあっという間に茶色になる。おかずをご飯につけて食べるせいだ。視界の隅で、自分の使う箸の黒色がずっとちらついている。

「アタシはある」

マスカラがついたままの睫毛が、ゆるりと上下した。彼女の両目が、面白がるようにこちらを向く。

「駅のホームでの飛び込み自殺、高二の時に目撃した」

「グロそう」

「やばいよアレ。あんなもん、モザイクなしで現実世界に垂れ流しちゃダメ」

「どんな人だったの」

「普通のサラリーマンだった。電車が止まって、周りが悲鳴を上げて——それでアタシは舌打ちした。友達と遊ぶ約束があったのに、遅れちゃうから。可哀想と思うより先にムカついた。ここで死ぬなよって思った。でも、あれがネコちゃんだったら可哀想って思えたのかも」

「それは仕方ないことなんじゃない？　いちいち悲しんでたら気持ちが持たないよ」

誰かが死んだときに、悲しいよりも腹立たしさが先に来る。自分の予定が狂わされて苛立つのは、自分以外の人間が本当に生きているとは思っていないからかもしれない。いや、頭では分かっているのだ。電車で隣り合う乗客、スーパーの店員、居酒屋の客引き。ただすれ違う人々も思考し、生きている。だが、その実感を二十四時間持ち続けるのは難しい。そんなことをしていたら、私の脳味噌はすぐにパンクしてしまう。

「宮田はさ、いつ死んでもいいですみたいな顔してるよね」

「どんな顔よソレ」

「生きてるのは自分のせいじゃありませんから！　みたいな顔」

「じゃ、江永はどうなの」

「どうって？」

「生きるの好き？」

「好きじゃないけど、絶対に死にたくない。誰よりも長生きしたい。這いつくばってでも絶対に生き延びてやるって決めてる」

「なんでそんなメンタル強いの」

「ムカつくじゃん。アタシのことクソみたいに扱ってきた奴より早く死ぬの」

　具体的な誰かを思い浮かべたのか、江永は顔をしかめたまま舌打ちした。私はソースの絡まったタケノコをぼりぼりと奥歯で嚙み潰す。潰したにんにくの欠片を隠し味に入れたせいか、具を呑み込む度にヒリヒリとした刺激を喉奥で感じる。

「生きていれば、いつか勝てるって思ってる」

　肘を突いたまま、江永は行儀悪く赤色の箸の先端を私に向けた。

「勝つって何に」

「運命とか、そういうやつに」

「敵が壮大すぎない？」

「だってさ、生まれた環境がクソすぎんだもん。だからアタシは楽しく生きることで復讐してるってワケ、運命に」

「今は楽しい？」

「ま、そこそこ。宮田もいるし」

「へぇー、それは良かった」

「ずっと一人でいると孤独に耐えらんなくなって馬鹿なことしちゃうからさ、アタシ」

コタツの下で、江永が伸ばした足先をこちらにぶつけてくる。彼女がこうして悪戯《いたずら》めいた振る舞いをする時、その双眸は冷ややかな影に覆われる。観察者の目だ。アリの巣に水を流し込む幼子のような、相手の反応をただ待つ目。彼女は私がどういう顔で、どういう言葉を発するかを気にしている。突き放されないか試している癖に、心の底ではどうなろうと構わないとも思っている。

「そういえば、木村の家はどうだったの」

伸ばしていた脚を引っ込め、江永は話題を変えた。少女趣味たっぷりの木村の部屋を思い出し、私は苦笑する。

「綺麗な家だったよ」

「宗教にハマってるって噂、ガチだったの？」

「ガチだった。一本三千円の水買い込んでたし」

「なにそれ」

「身体を浄化してくれる水なんだってさ。百本で三十万円って」

「よくそんな大金あるね」

「元々は親からの仕送りを貯金してたんだって。多分、そのお金が尽きて来たからバイト始めたっぽい」

「めちゃくちゃカモにされてんじゃん、ヤバー」

「百万円払ったら一日デートしてもらえるらしいよ」

「いやいや、なにそれ。芸能人か」

　江永が両手を叩いて笑う。「お散歩サービス売ってる店だって、六時間でせいぜい五万くらいだよ」と彼女は聞いてもいない情報を教えてくれた。手に持っていた箸を茶碗の上に置き、彼女は傍に置いていたスマートフォンを弄《いじ》り始める。

「あ、出た出た。宇宙様、ググったらすぐ出てくる」

「嘘、私が調べても出てこなかったよ」

「『宇宙様』、『水』、『浄化』って入れてみ？　ってか、なにこのホームページ、確変演出みたいなんですけど」

「確変ってなに？」

「パチンコ」

　説明されて、余計に謎が深まった。とりあえず私もスマホを手にし、言われたワードを検索する。江永の言葉通り、ホームページはすぐに見つかった。目が痛くなるほどチカチカと輝く背景の虹色。その中央に表示された女性こそが、宇宙様と名乗る人物だった。年齢は五十代前半くらいだろうか。目尻に深く寄った皺、恵比寿《えびす》のような穏やかな笑み。ベージュを纏った体形はふくよかで、親しみやすい印象を受ける。

「このおばさんとのデートに百万払うの？」と江永が半笑いで言った。

「相談料、普段は五十万円なんだって」

「頭おかしいでしょ。イケメンホストとか美人ホステスに払うなら百歩譲って理解できるけど」

「逆なのかもね」

「逆って？」

「美人とかイケメン相手に警戒してる人って、こういう気の良さそうなおばさんを疑ったりしなさそう」

私みたいな自己肯定感の低い人間は、容姿が優れているというだけで相手に引け目を感じてしまう。こんな風に優しくしてくれるなんて裏があるに違いないと疑わずにはいられない。だけど優しそうなおばさん相手だったら、きっと警戒心を緩めてしまう。そして警戒心の強い自負がある人間ほど、一度緩めた警戒を再び強めることが出来ない。自分が間違った判断をしたと認めたくないから。

「とはいえ、百万だよ？　アタシだったら絶対騙されないけど」

「最初から、百万円をとろうっていう気はないのかもね。お得感を味わわせる為の値段設定かも」

「あ、見てよこのページ。宇宙様の設定が載ってる」

「設定って」

明け透けな言い方に、思わず笑ってしまった。江永はわざとらしいくらいに神妙な面持ちを作ると、ページに載った文言を朗読し始めた。

「『三十三歳の時、私は人生に絶望していました。夫と子を交通事故によって同時に失ったからです。身近な人間の死は、私を蝕み続けました。仕事もできなくなり、誰とも話したくないと願う日々が続きました。もう耐えられない。そう思った私はある晩、崖から身を投げました。波は荒く、私の身体はすぐに海へと呑み込まれました。ついに私は死ぬのだ。そう思った時、私は宇宙様の声を聞いたのです』」

「ん、どういうこと？　宇宙様がそのおばさんじゃないの？」

「まぁまぁ、続きがあるから。『そこは真っ暗な世界でした。美しい宇宙空間に私の意識は放り出され、剝き出しの私の魂と宇宙様の意思が共鳴したのです。宇宙様はおっしゃいました。お前は選ばれし人間だ、と。死は、全ての人間に等しく訪れる。だが、お前の一度目の死を私が救ってやる。その代わり、お前には使命を与える。私の力を人間へと分け与えてやるのだ、と。そして目を覚ました時、私の身体は海岸に流れ着いていました。弱った身体で砂浜に立ち上がった瞬間、私は自分の頭の中で宇宙様の声が反響していることに気付きました。宇宙様のお声を私という肉体を媒介して広めること、それこそが私の生まれた意味であったと、その時に悟ったのです』」

左手を胸に当て、江永は敬虔《けいけん》な聖職者みたいな表情を浮かべた。明らかに小馬鹿にしている。

「B級映画のあらすじみたいだね」

「これで信者がいるってのがビックリ。どう考えてもおばさんの妄想でしょ」

画面を下向きにして、江永がスマホを机に置く。それに倣《なら》い、私もスマホを手放した。

「多分、木村も疑う気持ちがないわけじゃないんだと思う。私も分かるもん。疑ってるのに現実を直視したくなくて、信じてる振りをしちゃうというか」

「ふうん？」

「これまで自分がしてきたことってなんだったんだって思うのが嫌で、判断を先延ばしにしてさ。自分自身の視界を塞ぐことに一生懸命になってる」

「それがこんなヤバい案件に宮田が首を突っ込んだ理由？」

江永が目を細める。切れかけた蛍光灯が、カチリと一度点滅した。目の前の女の顔が、一瞬だけ闇に包まれる。私は天井を見上げ「明日買いに行ってくるよ」と言った。こちらの目論見をすぐに見破り、江永は眉間に皺を寄せて私を睨む。

「やめときな」

「江永が買いに行ってくれる？」

「そっちじゃなくて、その宇宙様とやらに会いに行くこと。宮田は引っ掛かるタイプだよ」

「大丈夫だって」

「アタシの家に住んでる時点で説得力無いからね？　もしアタシが悪い奴だったら、宮田なんてすぐに酷い目に遭ってる」

「でも、江永は悪い奴じゃないじゃん」

「今のところはね」

江永は立ち上がり、台所の鍋からかきたま汁のお代わりをした。彼女が持っているのはピンク色の器で、私が持っているのは青色の器だ。百円ショップで売られているような色違いの皿は、私が家に来る前からこの家にあった。彼女の使うピンク色の茶碗と、私の使う黒色の茶碗。私が今当然のように使っている皿は、どれもが江永の元カレのものだった。江永曰《いわ》く、彼氏が替わる度に同じ食器を使わせていたらしい。

「大体さ、木村からしても宮田のやろうとしてることは余計なお世話だよ。あっちは、お金払って幸せになってんでしょ？　じゃ、実害ないじゃん。本人が良ければそれで良しって思わない？」

「別に、私は木村の為に動いてるんじゃないし」

「じゃ、誰の為に動いてるワケ」

「木村のお母さん」

自分でも驚くぐらい、淡々とした声だった。江永は座椅子の上に座ると、ずずずと音を立てて椀の中身を啜《すす》った。江永の行儀が悪いのは今に始まったことではない。

「自分の母親が恋しくなった？」

「そういうのじゃない。単純に、同情してるだけ」

「ま、そういうことにしといてあげる」

金髪を掻き上げ、江永は自身の耳の後ろへと押しやった。れんげを口に運びながら、彼女は目だけでこちらを見る。

「その宇宙様とやらに、アタシも会いたい」

「は？」

「宮田だけだと不安だからさ」

そう言って、彼女は伏せていた顔を上げた。

「あと、やるからには保険かけよ」

油で光る唇を指先で拭い、彼女は長い爪の先でコツコツと自身のスマホを叩いた。不敵な笑みを見せているが、本当に何か考えがあるのかは怪しい。私は溜息を吐き、大皿に残ったチンジャオロースを掻き集めて自身の皿に移した。目線を下げた途端、またしても世界が暗転した。チカッと生じる、瞬きのような闇。

「そういえば、デザートにカルピス買って来たよ」

明るくなった世界で、江永がいつものように頬杖を突いて笑っている。「カルピスはデザートじゃないでしょ」と私もいつもと同じ態度で肩を竦めた。

それから一週間後の土曜日。駅の改札前で私達は木村と落ち合った。集合時刻は午後一時だったが、江永の髪の毛のセットが決まらなかったせいで六分ほど遅刻した。

木村は改札の外で、立ったまま文庫本を読んでいた。深々と被ったグレーのワークキャップから、真っ直ぐな黒髪が零れている。

「木村さん、待たせてごめん」

私が声を掛けると、木村はハッとした様子で顔を上げた。海外のバンド名が入った黒のTシャツに、裾が軽く捲られたブルーのダメージジーンズ。その手首で、今日もガラス製のブレスレットが輝いている。

無意識の内に、私は鼻から空気を吸っていた。ただでさえ江永の香水が辺りの匂いを全て掻き消してしまうのに、今日はそこに木村のお香の匂いまで加わっている。

木村は文庫本を閉じると、トートバッグの中に押し込んだ。透明なレンズ越しに、彼女が軽く目を細める。

「……本当に江永さんも来たんだね」

警戒心が滲み出た声だった。魂が穢れる、そう以前に木村に言われたことを思い出す。あの台詞も宇宙様の受け売りだったりするのだろうか。

「だって、宮田だけじゃ不安なんだもん」

私の肩に手を置き、江永はニタリと笑った。高さ七センチのハイヒールを履いているせいで、今日の江永は背が高い。

木村はその顔を見ようともせず、大きく溜息を吐いた。

「今回はたまたま宇宙様が許可してくれたから会えるだけだからね。感謝してよ」

「木村さんはどのくらいの頻度で宇宙様に会ってるの？」

「ご本人にお会いできる機会は滅多にないよ。普段は勉強会の方に顔を出す機会が多いし」

「勉強会ねぇ」

江永が顎を擦る。木村は帽子を深くかぶり直し、「こっち」と出口の方を指さした。目的地の住所を事前に教えてもらえなかったため、私と江永は木村の案内に従うしかない。怪しげな雑居ビルだったらどうしようという私の心配を他所に、行き着いた先は普通の住宅街だった。

山を切り開いて新興住宅地にしたのだろう、この辺りは急な坂を活かした建築物が多い。バス停も一定の間隔で置かれているが、バスが来るのは一時間に一本程度だ。駅からここまで徒歩で二十五分ほど掛かったことからしても、住人達の生活に車は欠かせないのだろう。多くの家のガレージには、ファミリーカーが置かれていた。

「虹川勉強会の活動拠点だよ」

そう言って木村が指さした先には、ごく普通の民家があった。周囲はグレーの塀で囲われ、二階建ての上部分だけが見えている。シックな色合いの外壁を観察すると、そこそこ年季が入っていることが分かる。色褪せた外壁は、建物の雰囲気には合っていた。

私の背丈くらいの門扉にはインターフォンが取り付けられており、隅には監視カメラまでついていた。私と江永が住んでいる家とは大違いだ。木村はインターフォンに近付き、わざわざ帽子を外した。ブー、と低いブザー音が鳴り響く。

「73番、木村です」

そういう決まりなのか、木村は番号を口にした。囚人みたいだなと思った私の横で、「囚人みたい」と江永は明け透けに笑った。木村の眉間に皺が寄る。

幸運なことにマイクは江永の声を拾わなかったらしい。機械越しに、青年の明るい声が聞こえる。

「あぁ、木村さん。今日もお疲れ。後ろにいるのは例の体験希望者？」

「そうです」

「上がって、歓迎するよ」

その言葉と共に、門扉が開錠《かいじょう》される音が響いた。「今のが虹川先輩」と木村が振り返らずに言った。門扉の先へと進む木村の後に、私と江永が続く。

手入れの行き届いた小さな庭だ。鉢植えには様々な種類の花が咲いている。その内の一つの前で、私は足を止めた。白の小さな花が房のように集まっている。花弁の先には切れ込みが入っていて、葉は柔らかそうな見た目をしていた。

「バーベナだよ」

私の視線に気付いた木村が、立ち止まって解説した。

「手前側が花で、奥が野菜。ここにいるメンバーが整備を手伝うの。収穫した野菜は皆で料理して食べる。毎月、第三土曜日が感謝祭で、皆で料理を作ったりバザーを開いたりちょっとしたイベントをやる。ビンゴ大会とかね」

「それだけ聞くと普通のサークルみたい」

「勿論、勉強もするよ。だけど自分の知らない社会経験を持った大人から話を聞くのも人生の勉強だから。交流会も多いんだ。未成年はお酒を飲めないから、虹川先輩が作った梅シロップをソーダで割って飲む」

「木村は家庭菜園とか好きなの？」

鉢植えを見下ろしながら、江永が尋ねる。木村は支柱の並ぶ畑を見遣った。葉を見ただけでは何の野菜か判別できない。

「元々は好きじゃなかった。私のお母さん、昔から私が土を触ると凄く嫌がるから。子供の頃は砂遊びすると手や服が汚れるからって凄く怒られたし。だからちゃんと土を触ったのはここの勉強会に来てからが初めてだったの」

土に触る経験なんて、私も生まれてから数えるほどしかない。幼い頃は家族で潮干狩りに行ったり、保育園で芋掘りをしたりしたけれど、両親が離婚してからはそうしたイベントもめっきり減った。

「宇宙様に最初に会った時にね、言われたの。丁寧に暮らしなさいって。怠惰に暮らそうと一日は過ぎるけれど、同じ日々を過ごすなら自分を尊重できる生き方をしなさいって」

「丁寧な暮らしねぇ」

「自分以外の命を丁寧に扱うことが、結果的に自分の命を大事にすることに繋がる。宇宙様は活動を通じて若者に命の大事さを教えてるんだよ」

言っていることはまっとうに聞こえるが、雑誌や自己啓発本でよく見聞きする言葉でもある。

「丁寧な暮らしとか、アタシらには無縁だね」と江永が私に耳打ちした。確かに、昼食にポテトチップスを食べた江永には縁遠い言葉だ。

「じゃ、入って。くれぐれも先輩方に失礼のないように」

木村が取っ手を引っ張ると、何の抵抗もなく扉は開いた。鍵が掛かっているのは外門だけで、玄関の鍵は開けっ放しらしい。

「お邪魔します」と一応は挨拶しながら玄関に入る。その内観も、やはり普通の民家とさほど変わらなかった。フロアマットの上に並べられている三人分のスリッパ。木製の靴箱の上には先ほど庭で見掛けた白いバーベナが瓶に入れて飾られており、天井にはチューリップを模したガラス製のシャンデリアが吊るされている。

「いらっしゃい」

廊下から近付いて来た足音が、玄関で止まる。顔を出したのは清潔感のある男だった。少し癖のある黒髪に、柔和な印象を与える垂れ目。起伏があまりない、あっさりとした顔立ちをしている。

白いシャツを腕まくりにした彼は、その上からアイボリーのエプロンをつけていた。黒の細縁眼鏡の奥で、彼が柔らかに微笑する。二十代にも三十代にも見える、穏やかそうな男だった。

「こちらが虹川先輩」と木村が声を上擦らせた。

「木村さんの友達なんだよね？　話は聞いてるよ」

虹川が柔らかな声音で告げる。私は軽く会釈し、江永は「どうも」と軽く手を振った。

「虹川先輩は私達の大学のＯＢなんだよ。勉強会のリーダーなの」

「リーダーというか、まぁ、まとめ役みたいなものをさせてもらってるだけかな。あ、二人共、宇宙様のことはもう聞いてる？」

単刀直入に切り出され、私はぐっと唾を呑んだ。どういう反応をしていいか分からなかった。

「聞きましたけど、ちょっと信じらんないというか」と江永が毛先を指に巻き付けながら言う。怒られるかと身構えたが、虹川は明るく笑い飛ばした。

「まぁ、それが普通の反応だよね。こっちとしても無理に勧誘とか絶対にしないから、今日は普通のサークルイベントと思って気軽に楽しんでよ。二人は木村さんの大事な友達だし、いい思い出を作ってくれたら嬉しいな」

あっさりとした反応に拍子抜けする。失礼なことを言うな、と木村はこちらを睨みながらパクパクと口を動かした。

廊下には左右に扉があり、更に二階へと続く階段がある。虹川は軽やかな足取りで右へ進むと、「こっちがリビングだよ」と扉を開いた。その瞬間、ぷんと甘い香りが広がった。オーブンから立ち込める生地が焼ける匂い。小麦粉と牛乳を混ぜ合わせた、甘さと粉っぽさが混じる匂い。じゅうじゅうと響く油の音、それに混じる揚げ物特有の香ばしい匂い。ありとあらゆる匂いが混じり合って、室内の空気を濁《にご》らせている。

「木村さん、こんにちは」

「よく来たね」

「味見する？　あ、後ろのお友達も」

　わっと一斉に話しかけられ、私はその場に立ち止まった。台所を占領しているのは六人の女性で、どの人も化粧をしていなかった。更にその奥のリビングでは、男性十人が長いテーブルに次々とお菓子を運び込んでいた。年齢は様々で、二十代から四十代くらいの人間が集まっていた。皆、虹川と同じアイボリーのエプロンを身に着けている。

「こんにちは。今日は何を作ってるんです？」

　挨拶を返しながら、木村は自然な動きで鞄からエプロンを取り出した。木村が最初に話し掛けたのは、私の母親と同じくらいの世代であろう女だった。眉を微かに動かし、彼女は自身の頬に片手を添えた。

「ドーナツとマフィンとフライドポテト、それから枝豆パンね」

「わあ！　鈴木《すずき》さんのパン大好きです。畑で育てた枝豆ですよね」

「そうそう。せっかくだからと思って、チーズと合わせたの」

「美味しそう！」

　ぱっと破顔する木村の表情の、その柔らかさに息を呑む。消えることのなかった警戒心が、双眸から消えている。エプロンをつけ、木村は人の輪の中に入っていく。楽しくて仕方ないという顔だ。

「二人はこっちへ。お客様だからね」

そう言って、虹川は私と江永をリビングに設置されたテーブルへと案内した。木製の椅子に座った私と江永へ、働いている男たちが次から次へと挨拶を寄越す。「こんにちは」「気を遣わないでいいからね」「ゆっくりしていって」それらに会釈を返し、私は短く息を吐いた。隣に座る江永は、早々にスマートフォンを弄りだしていた。

「二人共、甘いものは好き？」

私と江永の正面の席に座り、虹川は真っ直ぐにこちらへと向き合った。急に江永が無視を決め込み始めたので、私は慌てて口を開く。

「好きです。ここの勉強会ではいつもこんな風に甘いものを作っているんですか？」

「そうだけど、今日はお客さんがいるからいつもよりみんな張り切ってるね。普段はもっと種類が少ない」

「そうなんですか」

「あ、気を遣わないでね。喜ぶのが一番のお礼だから」

にこりと目を細める虹川からも、それを温かく見守る人々からも、下心を感じない。見返りを求めない無償の優しさ。彼らの振る舞いからは、奉仕する喜びのようなものを強く感じる。

あぁ、これが木村のハマった理由か。思考が結論に至った瞬間、頬からスッと熱が引いた。穏やかな午後の木漏れ日のような居心地の良い空間。ここでは誰も自分を傷付けない、誰も自分を拒絶しない。

木村が執着しているのは、この場所そのものではなく、ここに存在するコミュニティだ。彼女にとってここは、実家から遠く離れた地でようやく確保できた居場所なのだ。大金を支払って、木村はこの場に存在する権利を得ている。

だが、そんなのは全部紛《まが》い物だ。ここにいる人間たちが皆同じ立場だとは、私には到底思えない。全員が自発的に奉仕していますという顔をしているが、この中の何人がサクラなのだろう。搾取する側とされる側。両者の違いを見極めるのは、私のような一般人には難しい。

私は横に座る江永の顔を見上げた。彼女は画面を下向きにして、スマホを傍らに置いた。

「貴方は何でこの勉強会を？　言っちゃあなんですけど、貴方の年齢だともう仕事してますよね。それとも、これが仕事とか？」

江永の不躾《ぶしつけ》な言葉にも、虹川は嫌な顔一つしなかった。先ほどまでスマートフォンを弄っていた無礼な若者に、虹川は温厚な笑みを維持したまま答える。

「三年前まで、僕は商社で働いていた。所謂ブラック企業ってやつだよ。それで身体と心を壊してもう死ぬしかないって時に、宇宙様と出会ったんだ。今はこうして若者と大人を繋ぐお手伝いをしているよ。勉強会もそうだし、他にも色々と」

「それで食べていけるんですか？」

「ありがたいことにね。まぁ、ボランティアの部分もあるけれど、それは構わないんだ。皆に楽しい時間を運ぶことが僕の喜びだから」

「虹川先輩はこの家に住み込みで宇宙様のお手伝いをしているの、とっても志の高い方なんだから」

　会話に割り込んできた木村が、虹川の隣の席へと座る。彼女の手には、揚げたてのフライドポテトが盛られた皿があった。

　木村は虹川の言葉を盲信しているようで、失礼な言動を繰り返す私たちを睨みつけている。

「まぁまぁ、木村さん。前にも言ったよね？　警戒は本能であり、権利だって。こちらを疑っている相手には、伝わるまで何度も説明を繰り返すべきだよ。そうして対話を行うことによって、僕達は新しいステージへと進めるんだ」

「でも……」

「それに、僕達は嬉しいよ。木村さんがこうやって友人を連れて来たのは初めてのことだから」

　虹川の浮かべる笑みが爽やかであればあるほど、私の中の警戒心が強くなる。そしてそんな自分に対して、警戒が過剰なのではないかと疑う気持ちもある。虹川自身はやはりいい人なのではないか？　彼もまた、騙されている被害者のうちの一人である可能性はないか？

「はい、料理出来たよー」

私の思考を遮ったのは、キッチンから流れ込んできた甘い香りだった。大皿に菓子やパンを盛った人々が続々と着席し始める。

「わぁ、楽しみ」

「座って座って」

賑やかな会話。穏やかなムード。それらに懐かしさを覚えるのは、自分にとってそうした空気感が随分と遠い存在だったからだ。

小学二年生の時に、クラスメイトが教室の隅で祝われていたことを不意に思い出す。人気者の女の子はあの日、皆から次々と可愛いものを貰っていた。アクセサリーの付いたヘアゴム、すぐに落とせるマニキュア、いい匂いのするペンセット。私は百円ショップで買った消しゴムを用意していた。友達たちのプレゼントがラッピングされているのを見て、私はプレゼントをビニール袋に入れている自分が恥ずかしくなった。だから袋から出して、剝き出しのままの商品を手渡した。友達はそれを受け取り、「ありがとう」と嬉しそうに笑った。喜んでくれたその子を見て私はとても嬉しかった。なのにその翌日から、私は友達グループから仲間外れにされた。

プレゼントをラッピングするなんて、私はその時まで知らなかった。親はそんなことを教えてくれなかったから。これぐらい常識でしょと平然と言ってくる奴らは、私に常識を教えてくれない。常識を知る機会がない人間がいることを想像すらしない。

私は同世代の人間を警戒し、彼らの輪の中に入ることを諦めた。信じて裏切られるくらいなら、皆にとっての赤の他人になりたかった。その方が、ずっと楽だと思っていた。

「では、木村さんの友人二人を歓迎して、乾杯」

全員に配られたのは、虹川が庭で採れた梅で作った梅シロップを酒やら炭酸水やらで割った飲み物だ。未成年組は梅ソーダ、酒好き組は即席梅酒にきっちりと分けられている。江永も未成年だと思われているのか、問答無用でソーダの方を渡されていた。

「乾杯」とグラスを掲げ、ホームパーティーは和やかに始まった。木村が好きだという枝豆パンは、確かに具がぎっしりと詰まっていて美味しかった。

「宮田さんはここら辺の出身？」

隣に座っていた二十代半ばと思しき女性が、こちらの顔を覗き込む。少し低めの声が耳に心地よい。

「はい、生まれも育ちもずっとここです」

「素敵なところよね。私は元々関西に住んでたんだけど、今じゃここに定住するつもりなの。気に入っちゃって」

「そうなんですか」

「どこで生きていくかって自分で決められる部分と決められない部分があるでしょ？　だから縁を大事にしたいなって思ってるの」

ふふ、と笑みを零す彼女の手から香るバターの匂い。その下に確かに存在する、特徴的なお香の匂い。ここにいる人間は皆、同じ香りを隠し纏っている。

「貴方も宇宙様を信じているんですか？」

直球な問い掛けに、相手は軽く目を細めて笑った。

「貴方は学長の教えを信じているから今の大学に通っているの？」

「え？」

そんなこと、考えたことすらなかった。そもそも自分の大学の学長が誰かも知らない。その人が何を研究し、どんな言葉を語っているかなんて興味がなかった。私にとって大学とは、人生でステップアップする為の踏み台であり、道具だ。私は大卒資格を得ること以外どうでもいいと思っていて、だけどそんな自分に対して最近では少しの後ろめたさを覚えつつもある。自分は何のために学んでいるのだろう。何のために、これから生きていくのだろう。

ふふ、と女性がどこか懐かしそうに笑みを深める。

「それと一緒よ。宇宙様のお言葉を聞くためにここにいる人も、単にこの活動に賛同している人もいる。目的は皆バラバラだけど、この場所が好きって気持ちは一緒かな」

「貴方はどうなんですか？」

「んー、私にとって宇宙様は良い先生みたいな存在かな。行き詰まってる時に人生の指標を与えてくれた。浄化水の話を聞いて宮田さんは警戒心を抱いたかもしれないけど、私は寄付金くらいのつもりでいるの。宇宙様が幸せに暮らしてくださることが私たちの喜びに繋がるから。だから、私がお布施するのは全部私の為なの。私の幸せの為なのよ」

一本三千円の浄化水を、こうも正当化できるものなのか。反論しようと私は口を開き、すぐに閉じた。だって、目の前にいる相手があまりに幸福そうに笑うから。

本人が満足しているならば、それを奪い取る権利が本当に私にあるのだろうか。

「宮田さん、江永さん、手を出して」

他の人間と会話していた虹川が、不意に私たちに呼びかけた。彼が手にしているのはベルベット素材のジュエリーケースだった。滑らかな藍色の箱の中央に、見覚えのある銀色の円のマークが箔押しされている。

私はゆっくりと箱を開ける。中に入っていたのは、木村が着けているのと同じガラスのブレスレットだった。手作業でブレスレットの紐に取り付けたのか、『明日、美しい宇宙を見るために』と印刷されたカードが値札のようにぶら下がっている。

「これ使って」と木村がわざわざ自分の鞄の中からハサミを取り出した。普段から持ち歩いているのだろう。持ち手の部分が赤いことに気付き、これも彼女の母親の趣味なのだろうかと考える。

「左手首につけるんだよ」

そう虹川に言われ、私と江永はカードの紐を切り取った後にブレスレットを装着した。

「似合ってる似合ってる」と周囲から囃《はや》し立てられ、私は照れ隠しと居心地の悪さで肩を竦めた。江永は「ヤバイ」と笑いながら自身の手首をスマホで撮影している。

「初めて来た子には渡すことにしていると、宇宙様のご加護を感じられるはずだから」

真顔で言う虹川の台詞が、本気なのか、それともお約束なのかが分からない。周りの人間が言えないことを指摘しても、別にそれが賢さの証明にはならない。舞台を見ている時に黒子を指さして「あそこに人がいるじゃん」と言うのと同じだ。余計な指摘は、他人の楽しい時間を台無しにする。

無粋だと思われるのが怖くて、私はぎこちのない愛想笑いを浮かべた。黙っていた木村が腕時計を見遣る。

「そろそろ時間だよ、二人共」

「時間って何ですか？」

「宇宙様とお会いできる」

そう言って虹川が立ち上がる。続いたのは木村だけだった。それまで雑談を交わしていた周囲の人々が、一斉に動きを止める。彼らは右手で自身のブレスレットを摑むと、三十度の角度で背中を傾けた。

「よきひとときを」

「よきひとときを」

「よきひとときを」

口々に発せられる台詞に、私は少しの恐怖を覚える。こちらの心情を汲み取ったのか、

「いってらっしゃいみたいなものだよ」と虹川が朗らかに笑った。常識にしがみつく私の脳が、正常と異常の判断を先ほどから繰り返している。彼らは間違っている、そう断言できなくなりつつある自分の思考こそが、私には最も恐ろしく思えた。

　虹川が案内したのは、二階にある一室だった。木製の階段を上がる度に、ギシリギシリと板が軋む音がする。壁には額縁が飾られており、中には毛筆で書かれた紙が入っている。

『自分が生きる世界を愛せ』
『晴れ続ける空はなく、止まない雨もない』
『醜い自分から逃げるな』
『助けてくれる人間に感謝せよ』
『良い人生とは、よく眠り、よく食べ、よく愛すことだ』

　どこかで聞いたことがあるような、それでいて微妙にオリジナリティのある格言だ。恐らく宇宙様のお言葉なのだろう。これらから分かる情報は、宇宙様の文字が綺麗だということだけだった。

　階段を上がってすぐ、その部屋はあった。他の部屋とは明確に違う、豪奢な木製扉。その表面には細やかな細工が施され、ライオンを模したドアノッカーが取り付けられている。

　虹川は輪に手を通し、ノックを四回行った。それが社会常識的な振る舞いなのか、それともこの狭いコミュニティ内だけのルールなのか私には判断ができない。常識を語るには、私はあまりに無知過ぎた。

「失礼します」と虹川が先に入り、その後に木村、私、江永が続く。扉を開けた瞬間、むわっと濃い匂いが中から漂った。木村がいつも身につけているお香だとすぐに気付いた。

薄暗い部屋を、蠟燭《ろうそく》の仄かな光が照らし出している。美しい空間だった。藍色を基調とした部屋の周囲には、水晶や鉱物が飾られている。そのどれもがそこそこ大きく、崖から取ってきた岩みたいにごつごつしている。揺らめく炎が鉱石の表面を艶やかに光らせる。

「いらっしゃい、座って」

そう微笑む女性こそが、宇宙様なのだろう。女性政治家を思わせる、華やかなベージュのジャケット。皺の刻まれた首からは大ぶりの黒の石が連なったネックレスがぶら下がっている。結われた黒髪の三分の一ほどは白髪で、黒と白が入り混じっていた。

「木村さんのお友達なんですってね」と宇宙様は言った。小学生の時の校長先生を思い出させる、大人から子供への優しい声の掛け方だった。

私達は促されてソファーへと腰掛ける。革張りの、黒のソファーだった。虹川は宇宙様の背後に立ち、笑顔のままこちらの会話を見守っている。

「宮田さんと江永さんね、木村さんから話は聞いているわ」

「どうも」と私が会釈する横で、「見学に来ました」と江永はへらへらと笑いながら足を組んだ。木村が江永の横顔を睨みつけるが、江永は全く気にしていない。

「二人は木村さんと同じ大学なんですってね」

目を伏せたまま、宇宙様が口元を微かに緩める。江永が黙っているため、空気を読んだ私が「はい」と返事する羽目になった。宇宙様の睫毛が上がり、その黒々とした瞳が私を映す。

「宮田さん、たくさん働いているでしょう。まだ若いのに」

「それは、私のオーラを見てとかそういうのですか」

「そんなわけないじゃない。貴方の手が働く人の手だったから」

そう言われ、私は自身の手をまじまじと見た。確かに、同世代の若者に比べて荒れ気味の手かもしれない。だが、母親と家に住んでいた時よりはかなりマシになってきた。水仕事をする機会が減ったからだ。

「宮田さん、貴方の心はとても弱っているわね。未熟なのに、それを隠して大人になろうとしてる」

「そんなことはないと思いますけど」

「本当にそう？　苦労を知っている人の顔だわ。これまで辛かったでしょう。でも、貴方はそれを乗り越えてきたのね」

彼女の目尻には二つ黒子《ほくろ》があり、彼女が笑う度に豊かな頬の肉が微かに持ち上がった。幸福な空気を纏う、不思議な笑みだ。

「別に、乗り越えたとかそういうわけじゃ――――」

「母親」

私の言葉を遮り、宇宙様は短い単語を口にした。その瞬間、平静を保っていた自身の心臓が露骨に跳ねた。硬直した私を見て、宇宙様が満足そうに頷く。

「やっぱりそう。貴方の心の深い部分に、母親の存在が突き刺さっている。生きていて、苦しいでしょう。辛いでしょう。それでも貴方は今日まで、懸命に生きてきた」

滔々《とうとう》と語られる言葉に、私は咄嗟に木村を見遣った。彼女が宇宙様に報告したのかとも思ったが、よくよく考えると、私は自分の母親との軋轢を木村に話したことがない。話すほどの仲じゃなかったから。

「宮田さん、本当は何か私に聞きたいことがあるんじゃない？」

「き、聞きたいことですか？」

「えぇ。他の人には聞けない、自分だけが抱えている悩み。それを少しだけ、私に見せてくれたら嬉しい。私の使える力は本当にちっぽけだけれど、誰かに寄り添うことなら出来る。私はね、貴方に幸せになってもらいたいの」

それが彼女のやり口であることは明らかだった。警戒しなければ、と私は自身の膝を軽く摑む。シャツの袖口から、貰ったばかりのブレスレットが無垢《むく》な光を放っている。

「私は……その、別に聞きたいこととかないですけど」

「いいのよ、緊張しなくて。何も考えず、実験の場とでも思って。普段は誰かに言うことを躊躇《ためら》われるような内容でも、ここでなら許される。ここはそういう場所だから」

「じゃあ、本当、くだらないことですけど」

「なあに？」

「夜、どうやったらすぐに眠れるようになりますか」

私は袖越しに自身の右腕を握り締めた。宇宙様は優しく微笑む。

「眠れないのね」

「あんまり」

「眠ろうとしたら、嫌なことを思い出す？　昔、自分がしてしまった失敗とか、恥ずかしいこととか」

「そ、そうです」

「分かるわ、私も昔はそうだったもの。でも、弱い自分を直視出来るのは貴方が自分自身と向き合っている証拠よ」

そう言って、宇宙様は真っ直ぐに私を見据えた。慈愛に満ち溢れた眼差し。あぁ、昔はお母さんもお父さんも、こんな目で私を見ていたのに。

「貴方は今まで、これ以上ないくらいに頑張ってきた。分かるわ、貴方がどれだけ様々なことに耐えてきたのか」

ぐっと喉が鳴った。それが自身の発した音だと、数拍後にようやく気付く。無意識の内に唾を呑んでいた。

馬鹿にするな。そう、普段の私なら思っているはずだった。お前に何が分かるんだ、同情するだけで救った気になってんじゃねぇ。そう叫んで、立ち上がってこの部屋から出て行くことも出来るはずなのだ。なのに、何故か視界が滲み始めている。涙腺が緩み、両目に熱が集中する。

「よく頑張ったわね」

そう微笑む宇宙様に、縋りつきたくなっている自分がどこかにいる。多分、彼女の声帯から発せられる落ち着いた声のせいだ。胡散臭い存在であることは明白なのに、心の半分でそれでもいいじゃないかと思いつつもある。明日を生きやすくなるのならば、騙されることは不幸なのか？

「ね、アタシと話してよ」

ガン、と傍らから大きな音が響く。江永が置いたブレスレットが、ガラステーブルにぶつかった音だった。その瞬間、私は我に返る。呼吸することを忘れていた。

「アタシはどういう奴だと思う？」

「江永さん、態度が失礼すぎるんですけど」

憤慨する木村に、宇宙様は笑顔のまま首を横に振った。「いいのよ」と彼女は余裕たっぷりに告げた。

「貴方は……ハリネズミのような子供に見えるわね。本当は繊細なのに、そのことを隠そうと周囲に反抗的な態度をとっている。きっと優しい子だわ、誰かの為に正義感から行動をとれる子」

「いやいや、大外れ。アタシなんて自他ともに認めるクズですけど」

「本当にそう？」

「あ、オーラで分かったとか言うつもり？」

「というより、貴方の言動で分かるわね。ここまで友達と一緒に来ている時点で、他人のことを心配出来る子だって」

ふふ、と笑みを深める宇宙様に、江永は一瞬押し黙った。薄暗いから分かりにくいが、江永の頬が赤くなっている。図星を指され、彼女はその瞬間だけ弱気になった。

「貴方は悩んでいるのね。誰よりも、自分が生まれた意味を考えている」

「宇宙様には分かるんですか？　アタシがこの世界に生まれた理由が」

「愛されるためよ」

即答だった。ハッ、と江永の口から乾いた笑いが零れる。

「愛されるって、誰に？　これまで別れて来た彼氏のどれかに？」

「貴方の場合、家族ね」

「かぞく！」

嘲笑を強調するかのように、江永は殊更に肩を揺らした。「んなわけない」と江永は片手を大きく振る。自分に言い聞かせるように、何度も何度も。

宇宙様は声を荒らげることもなく、ただ静かに言葉を紡いだ。

「親は子を愛するものよ。ただ、それが上手く伝わらないことがあるだけ。子供は親を選んでこの世界に産み落とされるものだから」

「アンタの言ってることはクソすぎる」

「思い当たる節があるから、過敏な反応を見せるのね。ほら、やっぱりハリネズミに似ている。自分の柔らかい部分を守るために、そうやって過剰に攻撃的になる。貴方を愛してきた人間はこれまでも多くいたはずよ。貴方は愛されている」

「アタシが欲しい救いはそれじゃない！」

　床を蹴り、江永はわざと大きな音を立てて立ち上がった。座ったままの宇宙様を見下ろし、江永は冷たく吐き捨てる。

「アタシは、他人に愛されなくとも幸せに生きることを許されたい。いいじゃん、愛されなくても別に。他人から愛されなければいけないなんて、そんなのは呪いみたいなもんだよ。宇宙様、アンタは間違ってる」

「幸福は、他人からの許しで得るものじゃないわ。愛することで自然と集まるものなの」

「それは強者の理論でしょ。アンタみたいに、他人から愛を搾取する人間には分かんないだろうけど」

「江永さん！」

　そう木村が制止の声を上げたのと、ドアが激しく叩かれたのはほとんど同じタイミングだった。響き渡るノックの音に、室内にいた全員が固まる。

　振り返った江永の口元が、この上なく醜く歪んだ。捲れ上がった唇をそのままに、彼女はつかつかとドアに近付く。

「その理論とやらで説明してやれば」と江永は施錠されていたドアの鍵を開けた。雪崩れ込むように室内へ姿を現したのは、宇宙様と同じくらいの年齢の女性だった。その後ろでは先程まで一緒だった勉強会のメンバーが彼女を引き留めようと必死になっている。

「お母さん、なんでここにっ」

木村が両目を見開く。叫んだ声は悲鳴染みていた。木村の母親は無言のまま娘の腕を摑むと、そのまま部屋から引きずり出そうとする。慌てたのは虹川だった。

「お母さま、ちょっとお待ちください。木村さんは高い志を持ってこの勉強会に――」

「こんなとこにいたら水宝石ちゃんの魂が穢れる！」

金切り声に、虹川がひるんだ。木村の母親は血走った目で周囲を睨みつけると、それから娘の腕をさらに強く握った。「痛い！」と木村が悲鳴を上げる。

「お母さん、待って、待ってよ」

「待たない。早くこんなところ出て行きましょう。水宝石ちゃんの心を弄《もてあそ》ぶだなんて、本当に卑劣な集団。これだから、私の目の届く場所に住みなさいって言ったのよ。水宝石ちゃんは可愛いんだから、気を付けないと」

「なんでここが分かったの。私の部屋、勝手に探った？」

「違うわ。そこにいる水宝石ちゃんのお友達が教えてくれたのよ。水宝石ちゃんが怪しい団体に騙されてるって」

その瞬間、木村の顔がぐるりと勢いよく後ろに回転した。こちらを振り向き、彼女は声を荒らげる。

「宮田さんのこと信じてたのに！　私のこと、お母さんにチクったんだね」

両目に出来た涙の海が、激しく波打っている。歯を食いしばってくしゃくしゃに顔を歪める木村に、良心がずきりと疼《うず》く。それでも、私は自分が間違っているとは思わなかった。最初から木村は騙されている。木村は、ここにいるべきじゃない。

右手で娘の腕を掴んだまま、木村の母親はスマートフォンを振りかざす。周りの人間たちは腫物に触れるみたいな視線を彼女へと向けていた。

「もし娘がこの会を辞めることを認めなければ、警察を呼びます。私は本気です」

「なんで勝手なことするの！　やめて。お母さんなんて嫌い。いなくなってよ、ここから」

「水宝石ちゃんの人生は私の人生なの！　勝手に不幸になることは許さない」

そう金切り声で叫び、母親は扉の外に娘を引きずっていく。茫然《ぼうぜん》としている私の背中を江永が叩く。

「ほら、アタシらも行くよ」

「うん……」

「そういうわけですから、アタシらはこれで失礼しますね」

頭だけを軽く下げた江永に、宇宙様も虹川も何も言わなかった。二人の内心は読み取れないが、表面上は二人共友好なムードを崩さないままだった。

「あ、待って」

足早に去ろうとする江永に声をかけ、私は宇宙様の方へと踵《きびす》を返した。金具で留められたブレスレットを外し、ガラス製のテーブルに置く。息を吸い込むと、神秘的で甘ったるいお香の匂いがする。ここにいる人間は皆、与えられた匂いに染まることに一生懸命だ。

「やっぱり返します」

「持って行っていいのに」

そう、虹川が溜息交じりに言った。その声に怒りの感情が微塵も滲んでいないところに、私は寂しさのようなものを感じる。こうしたハプニングに慣れていることが察せられる所作だった。木村にとってここは唯一の場所だったのに、彼らにとって木村は唯一の存在ではないのだ。

「今夜、よく眠れるといいわね」

そう穏やかに微笑みかけてくる宇宙様に背を向け、私は逃げるようにして江永の後を追い掛けた。油断すると、彼女に縋りたくなる自分自身が恐ろしかった。

半端に開いたドアを手で押し、お香の匂いが充満した部屋から抜け出す。廊下に出た途端、先ほどまで優しかった信者たちの視線が私に突き刺さった。彼らは私をいない存在として扱うと決めたのか、互いに身を寄せ合ってヒソヒソと囁き合った。

「可哀想な木村さん」

「彼女はここに来てから、幸せそうな顔をするようになったのに」

それらを完全に無視し、江永は素知らぬ顔でスマートフォンを弄っている。信者たちは明らかに江永に対して敵意を抱いていたが、それでも表立って責めたりしなかった。そういう規則があるのかもしれない。彼らは優しくあることを義務付けられているみたいだから。

　私は何もかも聞こえなかったフリをして、玄関前に立っている江永の肩を叩いた。

「ごめん、待たせた」

「木村のお母さんが待ってるよ」と江永はいつもと変わらぬ呑気《のんき》な声で言った。その手に握られたスマートフォンの画面には、この場所の位置情報が表示されていた。

　木村の母親が走らせる乗用車、その定員は五名だ。助手席には木村が不貞腐《ふてくさ》れた顔で座り、後部座席には私と江永が並んで座っている。シートベルトを指で辿りながら、私は流れていく窓の外の景色を眺める。突き抜けるような青空の端で、雲の塊がぶくぶくと膨れ上がりつつあった。雨が降るのかもしれない、と私は薄く目を瞑る。
　今朝、九州から飛行機に乗ってきた木村の母親はすぐさまレンタカーを借り、待ち合わせに使った駅近くでずっと待機していた。木村が事前に勉強会の情報を教えてくれなかったせいだ。
　——やるからには保険かけよ
　木村の紹介で宇宙様に会いに行くと決まったあの晩、江永はそう言って私に木村の母親の電話番号を教えるように頼んだ。江永は木村の母親に電話をし、木村が勉強会に入っていること、その勉強会に怪しい噂があることを伝えた。今日、江永がずっとスマートフォンでやり取りしていた相手も木村の母親だ。木村が事前に勉強会の場所を教えてくれなかったため、会場を突き止めた後に連絡する必要があったのだ。

車に無理やり乗せられた木村は、最初の三十分間はひどい癇癪を起こした。泣き叫び、私たちや母親に汚い罵倒を繰り返した。母親は優しく相槌を打ち、私は黙り込み、江永はスマホのパズルゲームで遊んでいた。

腹を立てることに疲れたのか、やがて木村は静かになった。ぐすぐすと洟を啜る音だけが車内に響いていたが、それも途中から走行音に掻き消された。

「宮田さんも江永さんも、本当にありがとう。おかげで水宝石ちゃんを救えたわ」

ルームミラー越しに、木村の母親がこちらを見る。薄化粧の、親しみやすい顔をしている。

「いえ、別に。お礼を言われることではないと思うので」

答えながら、私は恐る恐る前の席の様子を窺う。木村は何も言わなかった。

「前々からね、私も危ないと思ってたのよ。でも、水宝石ちゃんがちゃんと勉強に集中するって約束したから、信じることにしたの。だけど、やっぱり駄目ね。大学も辞めさせて、こっちに帰って来させるわ」

「大学を辞めさせる？」

木村は今、大学二年生だ。既にかなりの単位を取っているのに、辞めさせるのは流石に横暴ではないか。

ハンドルを握りながら、木村の母親は当然だろうと言いたげな顔をしている。後方で、信号機が青から赤に切り替わる。

「だって、独り暮らしさせてたら危険でしょう？　水宝石ちゃんも、実家の方がこれから安心だろうし」

「でも、木村さんも一応、こっちでの生活がありますし」

「それが水宝石ちゃんにとって悪影響なら、さっさと取り上げるのが親の役目じゃない。それに、学費も生活費も全て私が払ってあげてるんだから、こんなワガママは見過ごせないわ」

深々とした木村の母親の溜息と、衣擦れの音は同時に起こった。身を起こした木村が、窓の外を指さしたのだ。その先にあったのは、殺風景な公園だった。ベンチと砂場はあるものの、遊具は全てロープで封鎖されている。『使用禁止』と書かれたプラスチックボードがジャングルジムにぶら下がっていた。

「お母さん、公園に寄っていい？　宮田さんと話したいの」

突然の名指しにドキリとする。母親は首を横に振った。

「ダメよ。今日はこのまま実家に帰るの。お父さんにも話してあるから」

「大学も辞めるし、実家に住む。だから、今だけ」

「そんな無理言って」

「いいでしょ？　お願い、ママ」

二つの音の連続は、どこか甘えた響きを持っている。恐らく、その呼び方が木村の持つ最大の切り札なのだろう。

母親は逡巡《しゅんじゅん》するように黙っていたが、やがてミラー越しに私と目を合わせた。

「宮田さん、いい？」

「わ、私は大丈夫ですけど」

「十五分だけね」

母親はそう言って、車を道路脇に停めた。ハザードランプを点灯させ、母親はシートベルトを外す。

「お母さんと江永さんはここで待ってて」

「アタシも？」

「宮田さんと二人で話したいから」

釘を刺され、江永はシートベルトに掛けていた両手を下ろした。私は車を降り、公園へと向かう木村の後を追い掛ける。時刻は既に十八時を過ぎていた。夏といっても、外はそろそろ薄暗くなりつつある。視界に広がる空気の色は、夜の気配がするダークブルーだった。

砂場の前で足を止め、木村はこちらを振り返った。距離を縮めることになんとなく抵抗を覚え、私はその場に立ち止まる。近くも遠くもない、中途半端な位置だった。

泣き腫らした目を擦り、木村は静かに口を開く。

「初めからそのつもりだったの」

「そのつもりって？」

「お母さんにわざわざ教えて、私を苦しめるためだけに宇宙様に会わせてって言ったの」

「それは……木村さん、明らかに騙されてたから」

「分かってたよ、騙されてたことは」

自身の手の指を組み、木村は額を押し付けた。黒髪が落ち、彼女の表情が見えなくなる。湿り気を含んだ土の匂いが、鼻奥を微かにくすぐる。俄雨《にわかあめ》の気配がじりじりと這い寄っていた。私は目を伏せる。先ほど飲んだ梅ソーダの香りが、少しだけ吐息に混じっていた。

「騙されてても良かったの。私にとってあそこは、自分になれる唯一の場所だったから」

「けどさ、お金取られてたじゃん」

「お金お金って、宮田さんはそればっかりだ」

そう吐き捨て、木村は唇を強く噛み締めた。吹き抜ける風が荒れ放題の低木を強く揺すっている。排気ガスの臭いがツンと鼻奥に刺さった。

告げる木村の声は震えていた。ゆっくりと上げられた彼女の顔の、その両目に視線が吸い寄せられる。涙の膜がゆらゆらと揺らめく。

「宮田さんには分かんないんだよ。普通の、平凡な、幸せな家に生まれたから！」

叫ばれた台詞が、耳の奥で反響する。それをお前が言うのか。お前程度の不幸なヤツが、私を幸せだなんて軽々しく形容するのか。

「何その言い方」

「宮田さんは、あの人が私をどう支配してたか知らない。私を如何に苦しめてたかも知らない。事情なんて何も知らない癖に善意ですって顔して、私の人生を滅茶苦茶にするんだ！」

「自由になりたきゃ、自分の力で出て行くべきでしょ。バイトで稼いだ金の使い道が宇宙様な時点で、木村さんはただ親に甘えてるだけなんだよ。生活費も家賃も学費も全部出してもらってる癖に、何が自由なの」

「うるさい！　宮田さんみたいな人には、私の気持ちなんて絶対分かんないんだ。絶対、絶対っ」

　肩に提げていたトートバッグに、木村が勢いよく腕を突っ込む。その刹那《せつな》、私は視界の隅に銀色に光る何かを見付けた。木村が足を踏み込む。前傾姿勢のまま、彼女は腕を突き出す。鋭い光。銀色の刃。それが何であるか理解するよりも先に、私の身体は動いていた。

　死にたくない。

　そう本能が叫んでいた。ばねのように、身体が勝手に飛び退く。つい一瞬前まで私がいた場所に、木村は迷うことなく腕を突き出す。その手に握られていたものは、赤い持ち手のハサミだった。

　反射的に、私は自身の鞄を木村へと投げつける。よろめいた彼女の腕が下がる、その隙を突いて私は彼女に蹴りかかった。無我夢中で繰り出した蹴りは木村の太腿《ふともも》に当たり、彼女はそのまま地面へと倒れ込んだ。衝撃で、木村の眼鏡が遠くへ吹き飛ぶ。私はその上に馬乗りになり、乱暴にハサミを奪い取った。木村の目に脅えが走る。

「殺すの？」

木村の喉が震えたのが分かった。掠れた声、浅い呼吸。ハッ、ハッ、と繰り返される音が自分のものか木村のものか区別できない。鼓動の音が鼓膜に張り付き、ドクドクとひっきりなしに騒がしい。

硬直していた肩から、徐々に力が抜ける。押し寄せて来たのは、途方もない無力感だった。私は木村を救ってやろうとしたはずなのに。

「殺さないよ」

「私は殺したいと思ったよ、宮田さんを」

「今も？」

「今は……」

半端に開いた木村の口は、そのまま静かに閉じられた。目尻から伝う涙が音もなく地面に吸い込まれていく。私はハサミを自身の鞄の中にしまうと、ゆっくりと立ち上がった。自身を地面に縫い付けるものは無くなったのに、木村はその場から動かなかった。砂にまみれた彼女の髪を、私は見下ろす。

「木村さんは恵まれてるよ。ただ、それに気付いていないだけ」

「…………」

「私は多分、木村さんが想像するような人生は送ってない。木村さん程度の不幸で自暴自棄になるのは勿体ないよ」

木村が右腕で両目を押さえる。仰向けになったまま、彼女は唇の片端だけを微かに釣りあげた。

「そうやって、宮田さんは自分より不幸か不幸でないかの尺度だけで相手を攻撃し続けるんだね。自分がどれだけひどいことを言ってるか自覚せずにさ」

「どういう意味」

「不幸って、他人と比較できることじゃないじゃん。私が宮田さんより不幸じゃなかったら、私は文句を言っちゃいけないの。皆我慢してる、皆頑張ってる。それが何？　私だって我慢してる、私だって頑張ってる」

「だからって——」

「ずっと気付いてたよ、宮田さんが私を見下してるって」

ずれた右の腕から、木村の左目だけが覗いていた。そこに横たわる冷徹な感情に、私は自身の背筋が震えるのを感じた。

「信じた私が馬鹿だったんだ。宮田さんなんて、最初から信じなければ良かった。本当、私は馬鹿だ。馬鹿。私が馬鹿だった」

　ぶつぶつと言葉が繰り返される。その声は次第に弱まり、やがては嗚咽《おえつ》にすり替わった。啜り泣きの隙間から、「ひどいひどい」と嘆きが漏れる。地面の上に横たわるその姿は、あまりにも弱々しかった。伸ばした右の手のひらに、木村の全身がすっぽりと入る。遠近法の魔法を使い、私は右手をぎゅっと握り締めた。視界の中だけで、木村の存在を握り潰す。

「私、もう行くよ」

掛けた言葉に、木村は反応しなかった。正直に言うと、少しだけ期待していた。踵を返す私の背に向かって、木村が襲い掛かって来るんじゃないかって。だが、いくら足を動かしても背後から足音は聞こえなかった。

木村は立ち上がらなかった。

私はそのまま公園を離れ、停まっている車へと向かった。車内では木村の母親はスマートフォンで誰かと電話をしており、江永はまだスマホゲームで遊んでいた。

後部座席の窓ガラスを何度かノックし、私は江永を強引に外へと呼びだす。「なになに」と顔をしかめながら車を降りる江永の腕を掴み、私は「先に帰りますね」と木村の母親に声を掛けた。彼女は慌てた様子で車を降りようとしたが、それよりも先に私と江永は駆けだした。一刻も早く、この二人との縁を断ち切りたかった。


「だから言ったんだよ、やめときなって」

帰宅して早々、江永はラグの上で横になった。あれから木村の母親から何度も電話が掛かってきたので、着信拒否設定にした。木村がどうなったかは知らない。母親と一緒に九州へ帰ったのかもしれないし、あのまま母親から逃げ出したのかもしれない。

だけどきっと、最終的に木村は母親と暮らすことを選択するのだろう。私の中にあるそれは、確信に近い予感だった。なんだかんだ言って、木村は自力では生きられない。自由を求めていると叫びながらも、自分から誰かの檻に入りたがる。

「そもそもさ、木村がアタシらをあそこに連れて行ったのだって、多分、紹介者特典みたいなのがあったからでしょ？　もうさ、最初から木村はズブズブのズブだったってわけよ」

「ズブズブのズブって何」

「知んない。今テキトーに作っただけ。っていうか宮田さ、完全に世界観に呑まれてたじゃん。アタシいなきゃ騙されてたよ」

「そんなことないけど」

「そんなことある。しかも、一人で戻って来ちゃうしさ。結局、木村とはどうなったの」

私はコタツに足を突っ込むと、机の上にハサミを置いた。ブレスレットからカードを切りとった時に木村が貸してくれたハサミだ。

「これで刺されそうになった」

「マジィ？　警察呼んでやれば良かったのに」

「なんかもう、とにかく関わりたくなくて」

「そりゃそうだ」

アハハ、と江永はコタツを叩きながら大袈裟に笑った。

「私、分かったの。江永みたいに誰かを助けるのって、難しいんだなって」

結局、私達は今日という日に何も成し遂げることは出来なかった。木村を救えたわけじゃないし、怪しい組織を壊滅させることも出来なかった。自分の知らない世界をちょっと覗き見て、大変そうだなぁと思って、それでおしまい。他人事で無責任。そのことを、木村は多分見透かしていた。

「宮田はさ、木村がどういう反応をしたら満足だったの」

「え？」

「だってさ、正直、こうなることは予想出来てたじゃん」

　身を起こした江永が、真っ直ぐに私と向き合う。金髪をくしゃくしゃと掻き混ぜながら、彼女は冷笑を含んだ声で言った。

「宮田は木村から感謝されたかった？『ありがとう宮田さん！　心を入れ替えるね』って言って欲しかった？」

「そういうわけじゃないけど……」

　でも、そうなることを期待していなかったと言えば嘘になる。多分私は木村を痛い目に遭わせてやりたかった。お前は間違っているんだと突き付けて、彼女の心を折ってやりたかった。改心した木村に向かって、お前には母親がいるじゃないかと叫んでやりたかった。

「私、木村にムカついてたんだなぁ」

「同族嫌悪？」

「そうかも」

　私と木村は、多分悪い方向でよく似ていた。自分だけが不幸で可哀想で、それ以外の人間を心の奥ではどうでもいいと思っている。

そんな彼女に関与しようと思ったのは、単なる私のエゴでしかない。救われたいと願っていない相手に手を差し出したら、思い切り振り払われた。今日の出来事は、ただそれだけの話だった。

「木村は木村で神様に縋るくらい追い詰められてたんじゃないの？　あの母親、どう考えてもヤバそうだったしさ」

「それは私だって分かってるよ」

「分かっててもムカついちゃったか」

「……私さぁ、木村が自分が不幸だって言ってることにもムカついてた。お前なんかより私の方が苦しんだのにって」

「それが不幸中毒ってヤツですよ、お客さん。不幸度で勝ちたいなんて思ってたら、最終的に自分から不幸になりたがる奴になっちゃうよ」

そう茶化すように言って、江永が立ち上がる。疲れ果てていた私は、コタツへと顎を載せた。目の前に置かれる二つのグラスと、カルピスのボトル。台所からダイニングへと戻ってきた江永は、さらに私の前に見覚えのあるペットボトルを取り出した。藍色のパッケージで、中央にぽつんと銀色の円だけが印刷されている。

「これ、浄化水じゃん」

私の言葉に、江永はおどけたように肩を竦めた。

「せっかくだから持って帰ってきた。置いてあったからさ、あそこに」

「飲んでみてよ」

　好奇心を含んだ私の視線を受け止め、江永はペットボトルに直接口を付けた。ごくごくと、その喉が鳴る。

「どう？」

「まぁ、普通。ただの水の味」

「三千円の味する？」

「んー、言われてみたらどことなく深みがあるような」

「絶対嘘じゃん」

　私たちは互いに顔を見合わせ、それから笑った。

　江永の手が、透明なグラスに水を注ぐ。その上から注入された甘ったるいカルピスの原液が、透明な水に溶けて混じる。向こう側が見通せなくなったグラスの表面を、私は指の腹でそっと撫でた。

　ガラスに閉じ込められたその色は、怖いくらいに真っ白だった。

03. 祈り、或いはエゴ

（秋）

　九月は秋だろうか、それとも夏か。サツマイモ味の新商品をコンビニの陳列棚に並べ直しながら、私はぼんやりと思考していた。九月十五日は、大学生にとってまだ夏休み期間だ。長期休暇で何をやりましたか、と問われたら、アルバイトをしていましたとしか答えられない。普段のコンビニバイト以外にも遊園地の受付や開店記念セールのレジ打ちを短期で入れた。そのおかげで、今の私の懐は使い捨てカイロくらいには温かい。

「木村さん、今頃何してるのかな」

　レジカウンターの奥で、堀口が退屈そうに欠伸をしている。時刻は午前二時二十七分。相変わらず、深夜シフトでは堀口と被ることが多い。

「なんですか、突然」

「急にバイト辞めちゃったじゃん。大学も辞めたって噂で聞いたよ」

「色々あったんでしょうね」

「宮田ちゃんの紹介の子でしょ？　絶対知ってるじゃん」

「どうですかね」

　売れ筋の商品のところだけ、棚がぽっかりと空いている。面を綺麗に揃え、私はそれとなく見栄えを良くした。入荷は朝、昼、夕方の三回だから、そのタイミングになるまでは品切れを誤魔化すしかない。

「宮田ちゃんって結構ミステリアスだよね、何にも教えてくれない。俺なんて、宮田ちゃんにノーガードなのに」

「堀口さんの場合は勝手に喋ってるだけですよね」

「ま、俺の場合、まだまだ喋ってないことあるけどね」

「別に聞きたくないですよ」

「えー、本当は気になるくせに」

　ケラケラと笑う堀口を無視し、私はほうきを取り出す。棚の隅に集まる砂や埃を掻き集め、その後にダストクロスを掛ける。店内は土足なので、家掃除のようにはいかない。乾いた状態で土や砂を集めないと、濡らしたモップを掛けた際にとんでもないことになる。

　ダストクロスを動かしながら、私は窓の外を見た。等間隔に並んだ街灯が歩道をぼんやりと照らし出している。そういえばここに来る前、植え込みの葉が黄色く変色しているのを見た。強すぎる光は葉をダメにしてしまう。

「そういや俺さ、オリンピックのチケットゲットした」

「追加抽選の結果が出たってニュースでやってましたね。何の競技ですか」

「近代五種とボート」

「近代五種って何するんですか？」

「さあ、知らない。テキトーに申し込んだから」

二〇二〇年が近付くにつれて、メディアも浮足立ってきた。東京オリンピックに関するCMやニュースもよく見かける。テレビ画面の中で大勢の人間が楽しそうにしていると、どうせ自分には関係ないと斜に構えて見てしまう。上手くいかなきゃ面白いのに、という捻くれた気持ちが私につい妄想をさせる。

出来上がったスタジアムが、ある日現れた巨大な怪獣に踏み潰される。世界の秩序が台無しになって、普段偉そうにしている人たちが慌てふためく。失うものがない人たちは怪獣に快哉を叫び、私は崩壊しつつある世界を部屋の隅でモニター越しに眺めている。

世界中の人間が皆不幸になってくれたなら、きっと私は今より少しだけ自分は生きてもいいんだと思えるだろう。

勿論、くだらない妄想だって分かっている。そんなことは起こらないって、私はとっくに知っている。二〇二〇年に東京オリンピックは行われるし、終わってしまえば開催前に言われていたアレコレもうやむやにされてしまう。人間は感動に弱いから、終わってしまえば皆いろんなことを忘れてしまう。そうなるって分かっているんだ、頭では。だけど、だからといって私は妄想をやめるつもりはない。

「堀口さん、オリンピックとか興味あるんですね。ちょっと意外ですけど」

「いや、彼女が見に行きたいって」

「オリンピックまで関係が続いているか、かなり怪しくないですか」

「ま、別れたら次の子と行けばいいし」

そう言って、堀口はへらへらと口元を緩めた。私がここでバイトを始めてから、堀口の彼女が替わったのは何回目だろう。それを話題にするのも面倒で、私は意図的に彼の台詞をスルーした。

「オリンピックって、地震とか台風が来たらどうなるんですかね。延期？」

「いやいや、オリンピックが延期になることなんてないでしょ。大丈夫大丈夫」

大声を上げて笑う堀口に、私は唇を軽く噛んだ。堀口が楽観主義なのは構わないが、実際問題、そうした時の対応というのは決まっているのだろうか。国の偉い人たちが堀口と同じレベルの思考だとしたら、それってかなり恐ろしい。

「俺が怖いのは、二〇二〇のその先だよね。世の中どうなっちゃってるのかなって」

「別に、何も変わらないんじゃないですか。祭りの後って空気になるだけで、結局日常は続いていきますし」

「でも言うじゃん、オリンピック後に不景気になるって」

「不景気になったらこのコンビニ潰れそうですね、売り上げずっと悪いし。店長が心配ですよ」

「えー、潰れたとしても、それはこの仕事を選んだ人間が悪くない？　自己責任じゃん」

　無責任な物言いに、腹立たしさよりも呆れが勝る。私は湿らせたモップを手に取ると、埃を取り除いた床を磨き始めた。濡れた床に、ぼんやりと私の影が映った。

「不景気は自己責任ですか？」

「というか、不景気に備えてない奴が悪い」

「先輩は無敵ですね」

「どういう意味？」

「その理論だったら、百パーセントで相手を批判できるじゃないですか」

　私の言葉に、堀口がわざとらしく歯を見せて笑った。彼の骨ばった手が、自身の金髪をぐしゃぐしゃと掻き混ぜる。少し前まで長かった彼の髪は、八月頃に短くなった。美容師の彼女に切ってもらったと彼が自慢げに話していたことを思い出す。

「宮田ちゃんは自己責任って俺が言うの、嫌いだよね。いっつも嫌な顔をする」

　バレていたのか。無意識の内に私はモップを抱き寄せる。堀口は頭が悪いから気付いていないと思っていた。

「でも、俺は周りを言い訳にするやつらってどうかと思うんだよね。俺とかさ、なんだかんだ言って自力でここまで頑張って来たもん。親が俺に援助したがらないから。ほら、俺さ、すげー格差社会の中で生きてきたの。出来の良い弟のせいで」

「それは前も聞きましたけど」

「宮田ちゃんは一人っ子だから分かんないかもしれないけど、兄弟間で差別する親って最悪よ？　俺の弟ね、めちゃくちゃイケメンなの。生まれた時から可愛かった。俺とは全然違うのよ、顔の作りが。親にそんなつもりなくてもさ、感じるのね。あぁ、この人たちは弟の方が好きなんだろうなぁって」

　人差し指に前髪を巻き付け、堀口は小さく自嘲した。同情を誘うのであろう、如何にも弱々しい笑み。木村にもこの手口で心を開かせたのだろうか、そう考えた途端に彼を気遣う気持ちはしなしなと萎えていく。

「弟はすげー塾にも通わせてもらってたのに、俺にはそういうのもなくて。馬鹿だったから、自力でやるしかなくてさ。それで、自分の力だけで勉強し続けて、こうやって今、大学生になってるってワケ。塾にも予備校にもいかず、家庭教師もつかなかった。全部自分の力」

「でも、堀口さんって確か、小学生の頃からウチの大学の系列の小学校に入ってましたよね。内部進学組だった気がするんですけど」

「だから、一生懸命勉強して自分の力で成績を維持できたからこの大学に入ることが出来たって話でしょ？」

「ア、ハイ」

堀口は自分への評価が甘すぎる。そしてそれが、何もかも自己責任だと言い切る冷たさを招いているのかもしれない。自分は苦労したという自負が、見も知らぬ他人を苦しめる。そこまで考えて、私は息を呑んだ。堀口への評価は、そっくりそのまま自分自身にも当てはまってしまう。

フラッシュバックする、公園で横たわっていた木村の冷たい目。真っ白な砂が絡みつく黒髪、空気に溶けるお香の匂い。木村はあの日、私に言った。ずっと気付いてたよ、と。

「何か言いたげだね」

堀口の声に、はたと我に返る。誤魔化すように、私は慌ててかぶりを振った。

「いや、堀口さんってやっぱり恵まれてるなって」

「全然恵まれてないって。大体さ、俺、思うんだよ。親には子供を愛する義務があるって。子供は親を選べないんだから、親だけは子供の絶対の理解者になるべきじゃない？」

「親も子供を選べませんよ」

「自分で産んだくせに？」

「人間の人格って親だけの影響で出来上がるものじゃないじゃないですか。子供も親も、別人格で他人だし」

「宮田ちゃんって、親に対して利用してやろうって気持ちが全然ないよねー。搾取されるくらいなら、こっちから搾取してやればいいんだよ。親を搾取してやりゃいい」

親を搾取する、と私は小さく呟いた。今まで生きてきて、持ったことのない発想だった。

堀口が得意げに顎を突き出す。

「俺はそういう高い志で親に金をせびってる。小さい頃に苦しめられた代、払ってもらわないと。この世界は弱肉強食だよ」

「そういう考え方する人のせいでブラック企業が蔓延るんでしょうね」

「そうは言うけどさ、それが資本主義って奴じゃん」

「そうですか？　ブラック企業はチートする奴みたいなもんだと思いますけどね。ルールを守ってないプレイヤーのせいでゲームが破綻するんですよ」

「チートって何？」

「要は、不正行為のことです」

「それ言ったらさ、選挙の投票とか偶にチートニュース出てくるよね。選挙に行った人数と投票数が違ってたとか。千五百票が別の党のものとして集計されてたとか。いやもう、あのニュース見た時マジで啞然としたね。民主主義は崩壊したって思った。選挙への不信感なんて、最悪だよ。あーあ、この国に未来はない」

頭を左右に振り、堀口は深々と溜息を吐いた。制服のシャツから覗く彼の喉仏が、ゆっくりと上下する。

いつもの口癖に、私は眉端を軽く上げた。

「堀口さんっていっつも政治の話したがりますけど、普段からそうなんですか？」

「普段からって？」

「大学の友達とか」

「してるしてる。まぁ、嫌がる奴もいるけどね、こういう話。でも俺的に、政治の話ができない社会の方がすごく気持ち悪いと思ってるから」

「将来は政治家にでもなったらどうですか」

私の皮肉に、堀口は珍しく真顔になった。細い目の奥で、瞳がきゅっと収縮する。

「そうやってさ、政治の話は気軽にしちゃダメって空気感を作る奴が一番卑怯だと思う。俺らの話じゃん、政治って。他人事にしちゃダメだよ」

「それは確かにそうですね、すみません」

謝罪を口にしながら、私はばつの悪さを誤魔化そうと自身の右頰を指で拭った。堀口は時々、至極まっとうなことを言う。その落差に、私はいつも戸惑いを隠せない。堀口が常に支離滅裂な主張をする男であれば、私は彼の言葉に耳を貸さないで済むのに。賛同できることと賛同できないことが交互に口から吐き出されるせいで、私は彼をどう扱っていいのか考えあぐねている。

「でも俺、昔ガチで政治家になろうかなと思ってた時はあったよ。今は諦めたけど」

「諦めてくれて良かったです、この国の為にも」

「なんか凄い馬鹿にされてる気がする」

自身の指で堀口は鼻筋を軽く摘まんだ。不服気な口調だが、その口元は笑っていた。

「というか、結局、堀口さんって卒業したらどうするんですか？　就職ですか」

「いやいや、親の仕事を手伝う」

「ハァ？」

　思わず声が裏返ってしまった。モップを動かす手を止め、私は堀口の顔を凝視する。

「どういうことですか？」

「あれ、言ってなかったっけ。ウチの親、飲食店とイベントハウスを経営してるんだよね。そこそこの規模で、十五店舗くらいあるんだけど。就職したら多分、経営の手伝いとかをやる。ま、継ぐのは弟の方だけど」

「いやあの、言ってること無茶苦茶ですよ」

「何が？」

「どの面下げて店長のこと自己責任とか言ってたんですか」

「えー？　コンビニ経営って仕事を選んだのは店長だし、利益が出ないなら撤退したらいいだけじゃん。仕事がないなら起業すればいいし、今の仕事が嫌ならやめればいい。現状に縋りついて文句だけ言う奴が俺、一番嫌いなんだよね」

　いけしゃあしゃあと言ってしまうのが、堀口の恐ろしいところだ。彼の視点はいつだって強者のそれで、なのに自分は弱者だと思い込んでいる。私には最低な奴に見えるが、生き物としては最強かもしれない。自分のことを棚に上げてしまえば、見ないで済むことも多いだろう。こういう自分勝手な奴は、生きるのには向いている。

堀口の家の全ての排水溝が髪の毛で詰まってしまえばいいのに、と私は今日も堀口に効き目のない呪いをかける。どれだけ二人でいても、やっぱり堀口のことは好きになれない。

「堀口さんって、自分の親の事業が失敗したらとか考えないんですか」

「いやいや、失敗とかないって。地震が来ても大丈夫なように、店舗の場所を地方に分散したりしてるから。今のご時世、備えられないことなんてないって。時代は、令和だよ？　もうすぐ二〇二〇年だよ？」

「じゃあ、隕石が落ちて来たらどうします？」

「そのレベルの災害は考えても仕方なくない？　その時には俺も宮田ちゃんもお陀仏だよ」

そう言って、堀口は大袈裟な身振りで自身の胸の前で手を合わせた。「ちーん」とふざけた口振りで言う彼が、政治家になることを諦めてくれて本当に良かった。

「いらっしゃいませー」

自動ドアが開いた瞬間、反射的に挨拶が口に出た。深夜にやって来たのは若い男女二人で、キャッキャッと楽しそうな声を上げながら酒コーナーの前に立っている。私は邪魔にならないよう、通路の端に身体を寄せた。

客が来た瞬間、私と堀口の無駄口は消える。もしもこのコンビニが深夜でも繁盛していたなら、彼のことをここまで知ることはなかっただろうな、とふと考える。良くも悪くも、堀口という存在は私に影響を与えている。この世界の解像度が、彼と話していると少し上がる。

男女二人は五分ほど酒コーナー前に陣取り、さんざん悩んだ後に買い物かごに五本ほど酒を入れた。さらにつまみをいくつかピックアップし、二人はようやくレジへと進んだ。「年齢確認商品です。お手数ですが、画面をタッチしてください」と機械からいつものアナウンスが聞こえてくる。

「恐れ入りますが、身分証のご提示をお願いしてもよろしいでしょうか」

堀口が淀みなくお決まりのフレーズを告げている。財布の中を探っていた女がはにかみながら免許証を差し出した。受け取った堀口が、ぱっと表情を明るくする。

「今日お誕生日なんですね、おめでとうございます」

女は「えへへ」とか「うふふ」とかそんな感じの笑い声をこぼし、免許証を財布へとしまった。男の方が「良かったね」と言いながらレジ袋を受け取っている。二人は幸せそうに互いの顔を見合いながら、深夜のコンビニを後にした。

ガラス壁越しにある後ろ姿が完全に見えなくなってから、私はレジカウンターへと近寄った。

「誕生日だったんですか、あの人」

「うん、なんか初々しいよね。そういえば宮田ちゃんも今年で二十歳だよね、誕生日いつなの？」

「九月二十一日です」

「えっ、来週じゃん。宮田ちゃんその日、シフト入ってたよね」

「まぁ。誕生日とか別にどうでもいいんで」

「いやいやダメだって。ちゃんとお祝いしなきゃ。俺がその日のシフト代わってあげるよ」

一方的にそう言って、堀口が慌ただしくスマートフォンを弄り始める。恐らく店長に連絡しているのだろう。「大丈夫ですよ」と私が言っても、彼は聞く耳を持たない。恐らく堀口にとって、誕生日とはとても特別なものなのだろう。

私が生まれたことは、本当に祝福されることだったのだろうか。お誕生日おめでとう。その言葉が私はあまり好きじゃない。何がおめでとうなんだよ、とつい毒づきそうになる。

「女の子なんだから、記念日は大事にしなきゃ」

そう自信満々に言い切る堀口にうんざりする。彼は多分、良いことをした気になっている。

「それを言ったら男だって同じですよ」

「ウン？　そんなの当たり前じゃん。だから俺はいつも、自分の誕生日は盛大に祝うことにしてる」

「あぁ、そうですか」

「とにかく、シフト代わっておくからね。せっかく二十歳になるんだから、大事に時間を過ごしなよ」

得意げに告げる堀口に、私は「はぁ」と曖昧《あいまい》に返事をした。全く有難くなかったが、それを口にする気力がなかった。

バイト終わりに帰宅する頃には、部屋はすっかり暗かった。昨日の最高気温は三十度を超えていたというのに、この家ではまだコタツが出しっぱなしだ。眠っている江永を起こさぬように手早くシャワーを済ませ、髪の毛を雑にタオルで巻く。そういえば、江永の家に住み始めてから一度も美容院に行っていない。伸びた毛先を指で摘まみ上げ、私はそこに枝毛を見付ける。茶色みを帯びた毛は二手に分かれ、そこからさらに分かれている。私は眉用のハサミを小物入れから抜き取ると、毛の一本を左手で引っ張ったまま、根元からハサミで切り取った。傷みに無頓着だと、どれだけ悪化していても気付けない。

見たくもないテレビをなんとなくつけると、思ったよりも音量が大きくて反射的に消音ボタンを押す。朝をお知らせするニュースキャスターが、笑顔で「おはようございます」と手を振っていた。

『東京二〇二〇オリンピックオフィシャルパートナー』

次々と切り替わるＣＭには、何度も同じ文言が表示される。スポーツ選手が商品を持って何かを話しているが、消音設定のせいで何も聞こえない。無音のテレビを、私はただぼんやりと眺めた。見ている、とは少し違う。視界に入った情報が、脳に一切残らない。カラフルな何かを目で追っているはずなのに、気付けば意識を思考が占める。

初めてバイトでミスした日。やらかした出来事。小学生の頃の失敗。高校生の頃の間違い。恥を掻いた瞬間。自分の嫌で嫌で仕方がないところ。過去の断片たちは、いつも記憶の引き出しの一番上を陣取っている。気を抜いた時、それらは瞬間的に噴き出してきて今の私を苛《さいな》んでいる。

頭に載せたタオルを落とさないように気を付けながら、私は立ち上がった。そのまま浴室に入り、便座に座り、施錠する。ユニットバスだから、すぐ真横には先ほど私が使ったばかりの濡れたカーテンが垂れ下がっている。私は腕を伸ばし、置かれた芳香剤を鼻へと押し当てた。思い切り吸い込むと、肺にまで爽やかなレモングラスの香りが届く。爽やかさのなかに酸っぱさが混じった、うっとりとするほど良い匂いだ。

悪い方向に進み続けていた思考が、ゆっくりと速度を落とすのが分かる。浅かった呼吸が落ち着き、徐々に頭の中がクリアになる。

ガチャン、と目の前のドアノブが突然動いた。私は便座に座ったまま硬直した。ドアノブはさらにガチャガチャと振動し、それから「あー」と呻くような声が扉の向こう側から聞こえた。寝ぼけた江永の声だった。

「宮田、またトイレに引きこもってんの」

「ゴメンゴメン、今出る」

慌てて芳香剤をもとの場所に戻し、浴室から出る。それと入れ替わるようにしてジャージ姿の江永が浴室へと入っていった。その三十秒後、ジャーと水が流れる音がする。

浴室から出て来た江永が、立ち尽くしている私を見て怪訝《けげん》そうな顔をした。

「なにしてんのそこで」

「ぼーっとしてた」

「ふうん、寝ないの」

「もうすぐ寝ようと思う」

「そういやさ、ダイニングにあった芳香剤、さっき間違って倒しちゃった。拭いたけど」

「どう間違えたら倒すのよ」

「寝ぼけたまま棚に手を突いたら、そのままガシャーンって。気になんないとは思うけど、もしまだ匂ってたら水拭きしといて」

　江永に言われ、私はダイニングの方向に首を捻る。私と江永が住む家には合計で五つの芳香剤が置かれている。玄関はラベンダー、台所は炭、私の部屋はミント、ダイニングはジャスミンで、トイレはレモングラス。別に、どの場所がどの匂いと決めているわけじゃない。なんとなく被らないようにと考えていたらこうなっただけだ。

「宮田ってさ、ホント芳香剤好きだよね」

「濃い匂いを嗅ぐと落ち着くから」

「その癖に香水嫌いだし」

「香水が嫌いなんじゃなくて、つけすぎてるのが嫌なの」

「アタシの匂いはどうなった？　だいぶプッシュ数減らしたんだけど」

「マシになった」

「良くなったって言いなさいよ」

アハハ、と笑いながら江永が私の背を叩く。しょぼくれた目を瞬かせ、私は力なく笑った。

「今、脳死んでるから」

「夜勤明けだしね。早く寝れば？」

「どうにも寝付けなくて」

「あ、じゃあホットカルピス作ってあげる」

江永がうきうきと台所に立つ。ホットドリンクを作るのが、最近の江永のマイブームだ。ホットカルピスだったり、ホットミルクだったり、ホットワインだったり。自分で飲む為に作る時もあれば、私の為に用意してくれることもある。鍋で飲み物を温めている時間が楽しいらしい。

江永が飲み物を作っている間、私はラグの上で胡坐を掻く。コタツの上に頬を押し付け、そのまま目を閉じる。カチャカチャと手を動かす音が聞こえる。コンロを点ける音。牛乳を鍋に注ぐ音。ぐつぐつと牛乳が煮立つ音。ほんのりと香る、甘い香り。

「今日のシフト、堀口とでしょ？　どうだったの」

「普通。あ、でも来週のシフト代わってくれた」

「宮田の誕生日？」

「そうそう」

「じゃ、家でお祝いでもするか。ケーキ食べたい」

「いつも食べてるじゃん」

「それはそれ、これはこれってやつ」

　マグカップを両手に持ち、江永はその内の一つを私に差し出した。カルピスを牛乳で割った、江永のお気に入りレシピだ。

　江永は自分の分のカップに口を付け、「んー」と美味しそうに両目を細めた。私もカップを傾ける。ヨーグルトのような独特な甘みが口の中に広がった。温かい液体が喉の奥を過ぎ、胃の底にぽとぽとと熱を生み出す。

「美味しい。ありがとう」

「どういたしまして」

「最近よく作ってくれるけど、どういう心境なの」

「前に宮田が作ってくれた時、なんかいい女っぽいなと思って。アタシも真似してる」

「何その理由」

「優しくされるのって嬉しいじゃん」

　ふ、と江永が口元を綻ばせる。なんだか照れくさくなって、私は目を伏せた。

「眠くなってきた？」

「んー、もうちょいしたら寝よっかなって感じ」

「アタシも二度寝しようかなー。どうせ今日もなんも予定ないしさ」

　ジャージの袖を捲り、江永は机に肘を突いた。無音のままのテレビの光が、彼女の横顔を青白く照らしている。

「夏休み、なんもしてないしね。サークルとか入ってたらもう少し有意義な時間だったのかもしんないけど」

「いやいや、今も有意義じゃん」

「どこらへんが？」

「こうして、アタシ達が二人で過ごしてることが」

にやっと江永が口角を上げる。これはツッコミ待ちの顔だ。

「感激した？」

「その如何にもボケてますって顔じゃなかったら感激したかも」

「えー、なにそれ。初めて言われた」

「テンション高い時によくやる顔だよ」

「宮田だってにやついてるくせに」

指摘されて、そこで初めて気付く。両手で頬を押さえると、確かに口角が上がっていた。

「ってか、江永って彼氏作らないよね」

「急に何の話」

「私、江永に彼氏が出来たらこの家出て行くって決めてたんだけどさ、全然作る気配ないから」

「だって宮田がいるし」

「一人じゃないから寂しくない？」

「そうそう。繋ぎ止めるのに身体使う必要ないし、楽」

「すぐそういうこと言う」

「男相手だとさ、それ以外のやり方分かんないもん」

カップの中身を全て飲み干し、ぷはーと江永はわざとらしく息を吐いた。しょぼくれた目を指で擦り、私は彼女のカップを引き寄せる。

「洗うよ」

「じゃ、頼む」

私は二個のカップを手に持つと、流し台の前に立った。ゴム手袋を装着し、スポンジに洗剤をかける。マグカップの表面を磨き、水で流す。

流れる沈黙。だが、それを苦痛には感じない。江永はお喋りだが、常に喋り続けているというわけでもない。彼女が押し黙る時は大抵何か考え事をしている時で、私は続きの言葉が出てくるのをぼんやりと待つ。

「ね、水族館行かない？」

蛇口を閉め、私は江永の方を振り返る。

「急だね」

「宮田の背中見てたら、魚見たくなったの」

「Tシャツが青いから？」

「そうかも」

食器を片付け、濡れた手をタオルに押し付ける。ゴム手袋をしていたというのに、手の平から洗剤の強い柑橘の匂いがした。込み上げる欠伸を嚙み殺しながら、私はぼやける視界をそのままに江永を見下ろす。屈託のない両目が、私を真っすぐに見つめていた。

「とりあえず寝てからね」

「りょ」

了解という短い言葉すら省略し、江永は上機嫌で片手を挙げた。睡魔に耐え切れなくなり、私は欠伸を繰り返しながら自室の布団に飛び込んだ。

ホットカルピスのおかげか、寝つきは良かった。

ＡＴＭを使う時、江永は手数料を気にしない。五千円や一万円をおろす時ですら平気でコンビニのＡＴＭを使う。私は一円たりとも払いたくないので、必ず銀行のＡＴＭを使うことにしている。通帳記入すると、紙には文字が記載される。「ニホンガクセイシエンキコウ」からと、いくつかのバイト先からの入金。私は四万円を引き出し、備え付けられている封筒に入れた。今月の友達料だ。

ＡＴＭコーナーから出て来た私に、壁にもたれ掛かっていた江永がぱっと表情を明るくした。

太陽から降り注ぐ日差しが、日陰と日向の境界線を明確なものにしている。九月だというのにまだまだ暑い。睡眠不足の目を擦りながら、私は江永に向かって封筒を差し出した。

「はい、いつもの」

「あざーっす」

鞄の中に封筒を押し込み、江永がキャップを被り直す。何年か前に行った夏フェスのグッズらしい。黒のキャップから零れた金髪が太陽光を反射して眩しい。江永が水族館に行きたいと言い出したのは朝の五時、現在の時刻は十五時だ。彼女は出かけられるのがよほど嬉しかったらしく、私が寝ている間にネイルやらメイクやらやたらと張り切っていた。

「何で水族館なの」

「ぶっちゃけ、水族館はどうでもいいんだけど。とにかくどこかに出掛けたかったの。お洒落したかったから」

「はぁ」

行きたい場所があるからお洒落するのではなく、お洒落したいから行きたい場所を作る。江永のそうした発想は、私にはないものだ。

やたらと大きなピアス、自分の身体より一回り大きいTシャツ、ダメージ加工のショートパンツ、黒のスニーカー。濃い赤のリップに、目をぐるりと囲むアイライン。今日の江永は世界観が出来上がり過ぎていて、隣に並ぶ私が完全に浮いている。いや、むしろこの場合、私から江永が浮いているのか。

「早くいこ」

舌っ足らずな声でそう言って、江永は少し照れたように歯を見せて笑う。今の言い方は、彼女なりの甘えだ。私はポケットの中にあるＩＣカードを布越しに押さえると、駅に向かって歩き始めた。

目的の水族館は、電車で一時間ほどの場所にある。エンターテインメント性はあまりなく、赤字であることがヒシヒシと伝わってくるこぢんまりとした建物だ。だが、いつも客が少ないので江永は大層気に入っている。江永が水族館という時は、大抵ここのことを指す。私と来たのもこれで三度目だ。

錆びた看板を前に、江永はスマホを取り出した。「撮ろうよ」と彼女は言い、手慣れた動きで自撮り写真を何枚か撮影する。どうせ加工してＳＮＳにアップするのだろう。

江永の場合、自撮りとは自分が生きている記録だ。昔の人が日記にしたためていたような内容を、『映え』というフィルターを通して、美化した形でネットに記録する。江永の自撮りは別人だろと言わざるを得ないレベルまで加工されるが、私はそうした彼女の思い切りの良さを好んでいる。「自分がテンション上がるならそれでよくない？」というのが彼女の持論だ。

建物の中に足を踏み入れた途端に、生臭い臭いが鼻につく。今時の水族館という感じではなく、外観も内装も古臭い。節電中なのか、照明は普段より少なかった。薄暗い施設に流れる陽気なＢＧＭ。このミスマッチさも、江永のお気に入りポイントの一つだった。

券売機で二人分の入場券を買い、受付へと差し出す。水槽のガラスにこびりついた緑色の汚れが、藻《も》なのかカビなのか分からない。

「貸し切りぃ」と江永が鼻歌交じりに言う。「そうとは限らないけどね」と私はわざと呆れた顔を作る。調子に乗ってはしゃいでいる時に、他の客とばったり出くわしたら最悪だ。

「あ、アジ」

「美味しそう、晩御飯アジにする？」

「そう言う話するぅ？」

「しない？」

「アタシはそもそも魚を捌《さば》いたことないからなぁ。生きてる魚を見て、食べてやろうとは思わない」

「あー、それはあるかもね」

分厚いガラスの向こうで、アジやらイワシやらが泳いでいる。横に付けられたプレートには、画質の粗い魚の写真と解説文が表示されている。学名、生息地、習性、その他もろもろ。客を楽しませようという気遣いが一切感じられない淡々とした文章だ。だが、こういう硬派な態度が意外と私は好きだったりする。江永はそもそもプレートを視界に入れてすらいない。彼女の興味は、水槽の中の生き物に向けられている。

ガラスの表面に、私はそっと指先を這わせた。冷たいというよりは生温かった。

「昔、お父さんとお母さんと近所の釣り堀でイワナ釣ったんだよね」

何かを考えるより先に、自然と喉から言葉が出ていた。魚特有の生臭さが脳の中枢を刺激したのかもしれない。江永はこちらを見ず、ガラスの向こう側を指さした。

「イワナってこれか」

石ころの間に隠れるようにして潜んでいる、グレーの魚。身体の表面には斑点があり、幼い私はそれを見て、お星さまの洋服を着ているね、と父親に笑い掛けた。夜空に似ていると思ったのだ。だが、父親には上手く伝わらず、彼は曖昧に言葉を濁した。記憶の中のあの人はいつもそうだった。分からなかったこと、理解出来なかったことを聞き返さない。全てをなあなあにしておけば丸く収まると高を括《くく》っていて、そんな自分が優しい人間だと無邪気に信じ込んでいる。

「三匹釣って、バケツみたいなのに入れて家に持って帰って……それで、さあ料理しようってなった時にお父さんもお母さんも捌けないって言い出したの。グロテスクで触れないって」

「じゃあなんで連れて帰って来ちゃったの」

「二人共、どっちかがやると思ってたんだって。で、帰ってから喧嘩して。結局食べないってことになって、しばらくバケツで飼ってたんだよ。でも、誰も餌をあげなかったから、すぐに死んじゃったの」

「食べたの？」

「いや、お母さんが生ごみに出した」

「勿体無いって言うべき？　可哀想って言うべき？」

「へぇでいいよ」

「じゃあ、へぇ」

江永の人さし指の先が、イワナをガラス越しに突く。金色の目がどうでもよさそうにこちらを見ている。

「イワナちゃん可哀想ってなんないのはなんでなのかな。ネコちゃんは可哀想なのに」

私の問いに、江永がこちらを振り返る。

「命には優劣があるからじゃない？」

「またそうやって怖いこと言う」

「だってそうじゃん。人間にだって優劣はあるしさ。この社会で大切にされる人、されない人ってね。生まれた瞬間からマジ格差社会」

歩き出した江永の背を、私はのんびりと追い掛ける。狭い水族館内に、二人分の足音だけが響いた。

「ぶんぶんぶんぶんぶん」

「何の音なの」

「アタシの心が弾む音」

「心が弾む音って、もっとポップじゃない？」

「マジ？　じゃ、ティックトックティックトック」

「しょーもな」

「鼻で笑わないでよ」

緩やかな会話のキャッチボール。江永との中身のない会話は好きだ。頭を使わず、脳の上澄みだけで話している気がする。

「なんで水族館に来たかったの？」

「なんとなく。海を感じたくなった」

「ここは海を感じる？」

「感じる。生き物の息吹を感じる」

「感想が壮大」

「正直な感想じゃん。海ってさ、外から見た分には中に何があるか分かんないでしょ？　でも水族館に行くとこんな風になってんだなって思って面白い」

「本当にこんな風になってるのかな」

「ま、なってなくてもいいよ。フィクションでも、面白ければ」

江永はカラカラと笑いながら、わざと踵《かかと》を踏み鳴らすようにして歩いた。色《いろ》褪《あ》せた画像パネルには、タカアシガニが表示されている。江永はその脚を見て、「食べるところないじゃん」と唇を尖らせた。「江永だって食べること考えてんじゃん」と私は笑った。

心地よい時間が、狭い空間の中になみなみと注がれる。細い通路、青白く光る水槽。先端がしおれた観葉植物が、私達の会話を聞いて可笑しそうに身を捩った。その後ろに設置された冷房からは生温い風が排出され続けている。

動く江永の手を、不意に摑んでみたいと思った。人間の体温に、今なら嫌悪感を抱かないのではないかと思ったから。伸ばしかけた手を、しかし私はすぐに引っ込めた。脳裏を過ぎったのは、バケツの中で死んでいたイワナの姿だった。

まだ私が幼かったあの日、いつものようにバケツを見に行くと、二匹の身体が水面に浮かんでいた。水中に残った一匹だけが身を潜めていて、私はこのままだとこの子も死んでしまうと思った。助けてあげなければ。無邪気な親切心から、私はバケツに手を突っ込んだ。

触れた途端に手の平に走る、イワナのひんやりとした感触。柔らかくて、ぶよぶよしていて、それでいて水の腐った臭いがする。両手でイワナを摑み上げ、私はそこでどうしていいか分からず困惑した。そうこうしている内に、イワナは私の手の中で体温に身を焼かれて死んだ。ピクリとも動かなくなった金色の目を見て、私は「ぎゃっ」と悲鳴を上げた。それまでなんとも思っていなかったのに、死骸となった瞬間に手の中にある物体が気持ち悪くて仕方なかった。

私はバケツに死骸を放り込み、台所にいた母親に助けを求めた。母は私の頭を優しく撫で、三匹の魚を生ごみ用のポリ袋へと押し込んだ。その間、私はずっと泣いていた。魚が死んだことが悲しかったのではない。私の手で命を台無しにしてしまったことが、何より恐ろしかったのだ。

既に十年以上が経っているというのに、あの時の感触が手の平に生々しく残っている。ここに芳香剤があれば、と私は自身の手を握り締めた。そしたらきっと、立ち込める生臭さを爽やかな香りで掻き消すことが出来ただろうに。

「あ、クラゲだって」

先にある水槽を指さし、江永が声を弾ませる。キャップから溢れる金髪が暗い世界で輝いていた。


水族館は、結局二時間ほどで全て回り終えた。江永はお土産にペンギンのぬいぐるみを買っていたが、この水族館にペンギンはいなかった。

水族館を後にし、外に設置されたベンチに二人で座る。既に日は沈み、夜がすぐ間近にいた。江永は自分の太腿の上にぬいぐるみを置き、その腕を引っ張って遊んでいる。色褪せた水色のベンチは表面の塗料が剥げていて、中の素材が剝き出しになっていた。

私は自販機で買った缶ジュースを開封する。タブを引くと、カシュッと中の炭酸が抜ける音がした。

「アタシがここの水族館好きな理由はさぁ、人がいないってとこなんだよね」

「だろうね」

「幸せそうな親子見ると、未だに心がウッてなんの。アタシ多分、永遠に結婚も出来ないし、子供も産めないよ。怖いじゃん、他人の人生の責任負うの」

「別に結婚しなくてもいいし、子供産まなくてもいいんじゃない？」

「そうなんだけどさー。なんか、人生の指標が無さ過ぎてどうしていいか分かんない」

「指標ならあるよ、大学卒業」

「それは確かに。でも、その先は？」

「就職」

「その先」

「んー……ないな。死しかない」

「でしょ」

江永がぬいぐるみをくちゃくちゃに丸める。土足のままの右足をベンチに載せ、彼女は片膝を立てた。自身の身体を抱き込むように、江永が背を丸める。私は何も言わず、ぼけーっと空を見上げた。夜空に浮かぶ星は、目を凝らしてようやく見える程度の弱々しい光しか持たない。星座なんて一つも知らないから、浮き上がる光を私は勝手に視線で結ぶ。

「アタシさ、小さい頃は二十歳になったら自分は死ぬんだってずっと信じてたんだよね」

「死ぬっていうのは自殺とか？」

「じゃなくて、二十歳になったら人生が切断されると思ってた。そこから先はなくて、ゲームオーバー。全部終わる」

「あー」

「だけどさ、二十歳になっても終わる気配なんてなくて、がっかりした。諦めても人生は終えられなくて、無理やり引きずり出されて、ずっとコンティニューさせられ続ける。地獄《じごく》じゃん、地獄」

「今も地獄？」

江永の方に顔を向けると、思ったよりも近い場所にあって驚く。彼女の黒目に光はない。多分、深海ってこんな感じの色をしている。死の気配を纏う、静かな色だ。

「今は二層構造かな」

「なにそれ」

「ずっとアタシの中に地獄はあって、だけどそれとは別に楽しい時とかもちゃんとある。メンタルが二層構造。うんうん、そういうこと」

「二層構造って言葉、気に入っちゃってるじゃん」

「だってカッコイイじゃん。口に出して言いたい日本語」

大口を開けて笑う江永の、その舌の赤さが嫌に目に付く。弧に歪められた彼女の双眸は、睫毛の縁に隠されて濃い闇色が見えなくなる。

私は缶を持ち直し、息を吐いた。自分の中にある思考を慎重に削りだしていく。

「結婚したり、子供産んだり、大切な人を作ったり……守りたい人が出来てしまったら、その人は自分で死を選ぶ自由を失うんだろうなって思うんだよね。なんというか、コイツを置いて死ねない！　と思うことが増えて、他人の為に生きていこうと思うんじゃないかって思うの」

「なるほどね」と江永が神妙な面持ちで私の話に相槌を打つ。どこまで共感しているのかは分からない。

「人間ってさ、そもそも自分の為だけに頑張り続けることが出来ない生き物なんだと思うんだよね。こう、脳の仕組み的に。だから多分、自分の為だけに生き続けるのは、すごく疲れる」

「それって結局、大事な人を作りましょうって話？」

「そうじゃなくて、江永が二十歳で死ぬって思ってたのは、自分の為に頑張り続けられる限界がそこらへんだと思ってたからじゃないかなって。いつでも死を選べるって思うことで生きていられる人間って、結構いると思う」

「いつか死ぬ為に、今は生きようって？」

「そうそう」

「なんかそれ、ポジティブなんだかネガティブなんだか分かんないな」

「別に幸せじゃなくても生きてていいし、死にたいと思い続けながら生きててもいいんだよなってさっき思った。泳いでるイワナ見て」

「イワナはなんも考えてないだろうけどね」

「やっぱ今日は焼き魚にしよう、晩御飯」

「結局、結論はそれになんのね」

江永は愉快そうに笑い声を上げ、それから急に真顔になった。振り上げられた彼女の左手が、剝き出しの自身の太腿を強く叩く。ぺちん、と広場に間の抜けた音が響く。江永はゆっくりと自分の手の平を見下ろし、それから眉をひそめた。白い太腿が血で擦れて汚れている。

「蚊だ」と江永は言った。その言葉通り、彼女の手の平には潰れた虫の死骸がくっついていた。

　水族館を去った後は、電車に乗って家に向かった。二人でスーパーに立ち寄り、食材の買い物をする。右手と左手、互いに一つずつレジ袋を持ち、私と江永はとりとめのない会話を交わしながら家路に就く。

　駅から家までの道のりも、随分と見慣れた。江永の家に住みだしてかれこれ四ヵ月ほど経つ。最初は遠慮することも多かったが、今では特に苦労はない。強《し》いて言うならば、江永がペットボトルのフィルムをきちんと剝がしてくれないことだけが不満だ。

　ガードレールに仕切られた道を、私と江永は並んで歩いた。歩く度に袋が擦れ、ガサガサと小気味の良い音を立てた。持ち手が指に食い込むのが嫌で、私は袋を右手と左手で交互に持ち替えたりした。

　空気を吸い込むと、車が過ぎ去った後の道路からは排気ガスの臭いがする。微かに湿った砂、排水路を流れる水。田んぼ跡地に生え放題の雑草は下手すると私の背丈よりも大きい。生い茂る葉には特有の香りがあり、私はつい鼻を動かしてしまう。葉が纏う青臭さ、光を吸った土の香ばしさ。自然の匂いは明確な分かりやすさはないけれど、雑味があって面白い。

吹き抜ける風に乗って、どこかから生乾きの臭いがした。洗濯物を部屋干しして、湿気の取れなかった時の臭いだ。自分のＴシャツの袖に鼻を近付けた私に、江永が声量を落として言った。

「つけられてる」

「え？」

立ち止まりそうになった私の背を、江永がさりげなく前へ押した。

「そのまま歩いて」

「つけられてるって、誰に？」

少し考えるだけで心当たりは何人かいた。第一候補は私の母親。彼女が私を探しているのかもしれない。第二候補は木村だ。私に恨みを晴らすべく九州からやって来たのかもしれない。

そこまで考えて、私は自身の推理を否定した。母親も木村も匂いが違う。彼女たちはもっと存在が分かりやすい。

「多分、原因はアタシだわ」と江永が眉をひそめる。

「そうなの？　ストーカー？」

「じゃないよ。なんというか……亡霊？」

「振り返って良い？」

「やめておいた方がいい。宮田は先に家に帰ってて」

押し付けられた買い物袋に、私は困惑を隠せなかった。受け取ろうと伸ばした手が江永のそれとぶつかって、ぐしゃりと地面に買い物袋が落下する。中身が散乱し、鮭《さけ》の切り身の入ったトレイが道路へ飛び出た。私がしゃがみ込んでそれらを拾っている間に、生乾きの臭いは強くなる。足音が近付く。躊躇いがちな、それでいて強い意志を感じさせる音だった。

「あの、すみません」

聞こえた声に、私は顔を上げる。間近に立っていたのは、三十代くらいの女だった。ごく平凡な身なりをした、どこにでもいそうな顔の女だ。一つに結った黒髪、シンプルな黒のワンピース。まだまだ夜も暑いのに、彼女は黒のストッキングを穿いている。喪服みたいだ、と私は思った。凹凸の少ない顔立ちには派手さはないが、静かな気品のようなものが漂っていた。

「西井《にしい》さん」と江永が呻くように呟く。顔見知りなようだが、江永の顔には露骨に嫌悪が滲んでいた。

「アタシの住んでる場所、どこから割り出したんですか」

「探偵を雇ったの。今日は十六時からずっと待ってたんだけど、なかなか貴方が帰って来なくて」

随分と不穏な会話だ。買い物袋を両手に提げたまま、私はじっと息を殺して二人の様子を窺っている。探偵なんて現実に存在しているんだな、と思った。あんなものは創作物の中だけの存在ではなかったのか。

江永は苛立った様子で舌打ちすると、自身の太腿を乱暴に掻いた。爪の先が皮膚を引っ掻き、虫刺されを悪化させる。

「大山《おおやま》から聞いたんですか」

「大山君とは一年前に会ったっきりよ。会ったの？」

「いえ、気にしないでください」

首を横に振った江永に、西井がにじり寄る。言葉を詰まらせながら、西井はか細い声を振り絞った。

「ねえ、雅ちゃん、お願いだから教えて。アイツは今どこに住んでるの。どこで生きてて、何をしてるの」

「ずっと言ってるじゃないですか。アタシは知らないんですよ」

「でも、血の繋がった家族でしょう？」

その台詞を聞いた瞬間、ピンときた。今繰り広げられているのは、江永の父親の話だ。殺人犯と噂されていた江永の父親。

縋りつこうとした西井の腕を振り払い、江永が声を荒らげる。

「血が繋がっていようが、あんな奴は他人です。彼が事件を起こすずっと前に、アイツと母は離婚していました。アタシ達は無関係なんです」

「だけど、家族じゃない。ねえ、雅ちゃん。私は貴方を責めたいわけじゃないの。ただ、あの男に会って聞きたいのよ。どうして夫と息子はあの日、死なきゃいけなかったのかって」

死、という言葉に反射的に息が詰まる。西井の口から出たその一音は、私の想像するそれよりもずっと生々しくて、悲痛な響きを持っていた。う、う、と西井の喉から掠れるような嗚咽が漏れる。彼女は泣いてしまった自分を恥じるように、そそくさとハンカチの端で目元を拭った。咄嗟に目を逸らしたくなる、痛々しい姿だった。

江永はそんな彼女を見下ろし、大きく溜息を吐いた。彼女の太腿に張り付いた血が、やけに目に付く。

「何度も言っていますが、居場所を知っていたなら警察に伝えています。申し訳ないですが、帰ってください」

「でも、」

「これ以上しつこくするなら、警察を呼びますよ」

江永の声は冷ややかだった。西井はひるんだように硬直し、自身の胸の前でぎゅっと右手を握り締めた。潤む瞳から、一筋の涙がこぼれる。

「ごめんなさい。雅ちゃんを責めるつもりじゃなかったの。ただ、貴方は唯一の手掛かりだから。三ヵ月前に前の家に行ったら、引っ越したって聞かされて。私、頭の中が真っ白になってしまって。それで、それで……」

言葉を詰まらせ、西井は何度もハンカチで目を押さえた。その指先は荒れていて、赤い柔らかそうな皮膚が穴あきのストッキングみたいにところどころ覗いていた。

「帰ってください」と江永は同じ言葉を告げた。その声からは、思いやりが意図的にそぎ落とされていた。西井の指に力が入り、ハンカチがくしゃりと皺を作る。

「今日は帰るけど、もし何か分かったら必ず教えてね。きっとあの男も雅ちゃんには連絡して来るだろうから。あの男にとって、雅ちゃんは唯一血の繋がりのある存在だから」

「分かってますよ、分かってますから。もう帰ってください」

江永は同じ台詞を繰り返し、西井はようやくそこで折れた。「お願いだから教えてね」と西井は念押しし、ようやく私達の家とは真逆の方向に歩き始めた。後ろ髪を引かれているのか、西井は何度もこちらを振り返った。

西井の姿がようやく見えなくなった頃、江永は「ヴァッ」と濁点混じりに短く吠えた。空気の塊なのか、音の塊なのか、判断出来ない声だった。自身のスポーツキャップを外し、江永は地面へと叩きつけた。スニーカーの底で、江永は何度もキャップを踏みつける。

「クソ、クソ」

踏みにじられるキャップが、みるみる内にぺちゃんこに潰れていく。薄くなって、白く汚れて、もう元の形に戻らない。

両手に提げた買い物袋がいつになく重い。指の関節にぶら下がるそれが、私の手を下へと引っ張る。皮膚に食い込む痛みを無視して、私は江永の顔を見上げた。

「帰ったら、カルピス作ってあげる」

私の言葉に、江永は足の動きを止めた。引き攣っていた彼女の頬が、微かに緩んだのが分かる。江永の手が、金髪をくしゃくしゃと掻き回す。吊り上がっていた眦《まなじり》が、徐々に形を変えていく。

「うんと濃いやつにして」

そう言って、江永は私の右手から買い物袋を引き取った。その口元に笑みが浮かんでいるのを見て、何故だか少し泣きそうになった。

夕食の支度は、いつもより手際よく進んだ。江永が風呂に入っている間、私は黙々と手を動かす。切り身をグリルで焼き、味噌汁を添える。冷蔵庫には昨日の残り物であるおひたしとナムルがあり、面倒だったのでどちらも食卓に並べた。時間が余ったので卵焼きも作った。大根をおろしている最中に風呂上がりの江永が戻って来る。濡れた髪をそのままに、彼女は座椅子の上へ腰を下ろした。

風呂から上がってしばらくは、江永の身体からはボディークリームの匂いがする。濃いローズの香りだ。

「美味しそう」

食卓を見回し、江永が目を輝かせる。

「ありあわせだけどね」

「アタシ、宮田の卵焼き好き」

手を合わせ、江永が「いただきます」とやたらと大きな声で言う。彼女がきちんと食事の前に挨拶するようになったのは、私と住み始めてからだ。私も手を合わせ、黒色の箸を手に取った。

「風呂入ってたらさ、脚に毛が生えてるなって気付いたの。光脱毛した時に撃ち漏らしたんだって思ってさ、マジ最悪」

　ギャハハ、と江永が殊更大きな笑い声を上げる。愉快で仕方がないと訴えるように、彼女は大袈裟に身体を揺らす。

「江永って全身脱毛してんの？」

「途中で面倒になって通うのやめたんだよね。九回目くらいで行かなくなったけど、毛はだいぶ減ったよ。宮田さ、ＶＩＯ脱毛ってやったことある？」

「ない。なにそれ」

「ざっくり言うとアンダーヘアの脱毛のこと。パンツ穿くっしょ？　そこの範囲の毛。お尻とかも入るの。アタシ、初めて脱毛したの高一の時だったんだけど、マジで震えた。みんなこんなことやってんの？　って思って」

　間を詰めるように、江永は言葉を捲し立てる。

「ああいうとこってね、紙パンツ渡されるの。それで台の上に寝そべったらさ、若くて綺麗なお姉さんがいるのよ。で、無言で私の身体の剃り残した毛を処理して、ジェル塗って、ピカッてやるの。もうアタシ、途中から恥ずかしくて恥ずかしくて。お姉さん、アタシのお尻の奥みたいなところに機械を当ててるわけよ。で、そういうところって毛が濃いからめちゃくちゃ痛いの。最初は我慢してたんだけど、痛すぎて『アウチ！』って思わず悲鳴が出ちゃってさぁ。でもお姉さんは無言なわけ。もう何だよこの空気、いっそ殺してくれよって叫びたくなっちゃったね」

オーバーな身振りで、江永がコタツを叩きながら笑った。顔を下に向け、背中を丸め、可笑しくて仕方ないことをアピールする。私は卵焼きを咀嚼しながら、じっとそれを眺めていた。

笑い声は徐々に弱まり、江永はゆっくりと顔を上げる。不服そうに、彼女はじとりとこちらを睨んだ。

「これ一応、持ちネタなんだけど。なんで笑わないの。アタシにまで下ネタで笑わないアピール？」

「そんなワケないでしょ。というか、それって下ネタ？」

「知んない。どっちかって言うとあるあるネタか」

「空回りというか、間が滅茶苦茶だったよ。いつもの江永ならもっとちゃんと相手に聞かせる間で喋る」

「指摘すんのそこ？」

「無理してでも笑った方が良かった？」

「そこまでして欲しくはない」

「だと思ったからさ」

再び卵焼きを取り、私は箸で半分に割いた。黄色と白が合わさった、鮮やかな断面図。

「さっきの人、何だったの」

私の問いに、江永はぎこちなく眉端を下げた。

「やっぱその話する？」

「しないわけにはいかなくない？」

「嫌な話になるよ。素面じゃ無理」

立ち上がり、江永は冷蔵庫の中から缶チューハイを取り出した。彼女が缶を開けている間、私は焼鮭の身をほぐした。そういえば今日の水族館に鮭はいなかったな、とふと思う。

「アタシの父親がクズって話は前もしたよね？　アタシと母親が家から逃げ出したのはアタシが小学六年生の時。離婚が成立したのはそれから一年後。円満離婚だったって母親は言ってたけど、どこまで本当かは知らない」

江永が缶の中身を呷る。その話は以前も聞いた、その後に生じた母親と江永の軋轢も。

「江永の父親はその後どこに住んでたの」

「知らない。一切連絡を取ってなかったから。アタシが父親のやらかしたことを知ったのは、高校二年生の時。テレビを見てたら、見たことのある顔が急に出て来たの。宮田も知ってるかもね、全国ニュースになってたから。交差点ひき逃げ事件。朝、横断歩道の前で赤信号を待ってた人達の列に、車が突っ込んだの。救急車で搬送された人が七名、その内の三名が亡くなった」

「知らないニュースだよ、忘れただけかもしれないけど。その三名っていうのがさっきの」

「そう。西井さんは、その時の遺族。旦那さんが息子を保育園に送っている途中で巻き込まれた。もう一人は、通勤途中だった四十代の女性。それが大山さん。母親と息子の二人でずっと暮らしていて、死んだのは母親。息子の方は、アタシより三歳年上。当時は大学生だった」

　何かの記載事項を読み上げているかのように、江永は淡々と言葉を紡いだ。

「車の持ち主はすぐに割り出されて、そこから犯人がアタシの父親であることが分かった。だけど問題はそこからで、逃走した男は捕まらなかったんだよね。ずっと行方不明」

「今でも？」

「今でも」

　江永が目を伏せる。缶の表面を人さし指で叩きながら、彼女は自嘲するように鼻で笑った。

「母親がね、言ったの。ニュースを見た時。『離婚してて良かった、私達には関係ない』って。だけど、地元じゃアレがアタシの父親だって知れ渡ってて……しかもアタシ、素行が悪かったから、庇ってくれる人なんていなくてさ。人殺しの娘って呼ばれた。血が繋がってるってだけで、アタシはあの男の家族だって言われ続けた」

「江永が家を出た本当の理由は、父親なの？」

「本当の理由なんてないよ。ただ、あの事件のせいでいろんな影響が出たってのは事実。いろんなものが溜まりに溜まって、ぷちーんって来ちゃったの」

　自分で自分を茶化すように、江永は自身のこめかみの横で手を開いた。

「高校生の時には身体売って母親を食わしてやってたんだけど、父親のことが広まっているせいでヤバい客ばっか来るようになって。アタシ、母親に泣き付いたの。もう無理だって。このままじゃアタシの人生がめちゃくちゃになるから、ちゃんと人生設計させてくれって。それでアタシが地元から離れた大学に行きたいって言ったら、言ったら……」

　江永の呂律《ろれつ》が回らなくなってきた。酒のせいで赤くなった頬に、江永は缶を押し付ける。

「アタシを置いていくのかって、ママが怒鳴ったの。そんなのは一生許さないからねって。それを聞いた瞬間、目の前が真っ赤になった。許さないって、お前は一体何様なんだよって思った。どんな権利があったら他人の人生を縛れるんだよって」

　無意識の内に、喉が鳴る。心臓が強く締め付けられ、私は痛みを堪えようと眉間に皺を寄せた。江永の境遇は、あまりに自分と重なる部分が多すぎる。

「逃げなきゃって思った。それで、そのまま東京に出た。金も家もツテも無くて、ＳＮＳで新しくアカウント作って、『家出しました、泊まれるところを探してます』って書いた。たくさん返信があった、色んな男がすぐ泊めてくれた。単なるお人好しも、見返りを求める奴もいた。居場所がない女って、向こうからしたらめちゃくちゃ都合の良い存在なんだよね。逃げる先がないって見透かされてるからさ」

「ずっと誰かの家に泊まる生活だったの？」

「最初の頃はね。でも、その内に地元の時と同じやり方で稼ぐようになった。ＳＮＳ使って、一回三万円で。やめたいと思ってたはずなのに、アタシに出来ることはこれしかなかった。十日で三十万稼げれば、残りの二十日間は勉強に充てられる。アタシには時間と金が足りなかったから、こうするしかなかった」

江永が再び酒を呷る。空になった缶を揺らし、「もうないのかよ」と彼女は赤ら顔で言った。立ち上がり、江永は冷蔵庫から新しい缶チューハイを取って来る。私はグラスに水を注ぎ、江永の前に差し出した。

「水挟めば」

「いらない。酔わなきゃやってらんない」

「もう酔ってるよ」

「これじゃ足りないの。で、どこまで話したっけ？」

「東京に来て、お金稼いで、勉強した話まで」

「あ、そうそう。それで、とにかくアタシは稼ぎ続けたの。東京にはアタシがあの男の娘だって知っている人間は一人もいなかった。それが救いだった。アタシはどこにいても人間Ａだったから。それで勉強して、大学に合格して、宮田と同じ大学に入った。年齢はちょっと違うけど」

「うん、そこは知ってるよ」

「大学生になったら普通にバイトしようと思ってた。でも、時間と稼げる額の効率を考えたら、結局同じことを続けた。友達もね、いっぱいいるって言ってたのは嘘。見栄を張った」

「やっぱり」

「何その反応」

「江永、家にいることが多かったから。友達が多い人間の生活リズムじゃなかったよ」

「お見通しだったってわけね」

自身の髪を掻き上げ、江永は片膝を立てた。そこに顎を載せ、彼女は重い瞼を静かに上下させる。

「本当は男とばっかり一緒にいた。ギブアンドテイクがハッキリしてて楽だったから。アタシは一人になりたくなくて、向こうはヤリたかった。得体のしれない友情とか愛情とか、そういうのは全部怖かった。信じてなかった。だから、そういう割り切った関係でいる方が気が休まった。相手にとって都合の良い女として振る舞えば良かったから」

視線を落とすと視界に入る、黒い箸。黒の茶碗。江永の歴代の彼氏が使っていた品を、今の私は使っている。江永にとっては私も、彼らと同じなのだろうか。寂しさを誤魔化す為の消耗品でしかないのだろうか。

何気なく口に含んだ鮭が、しょっぱすぎてビックリする。いつの間にか醤油に浸っていた鮭の切り身は塩分をたっぷりと含んでいて、明らかに身体に悪そうだった。

「西井さんはね、あの事件の後にすぐアタシの存在にまで辿り着いた。ある日突然、高校の前に立っててね、アタシに手土産を渡したの。凄いよね、加害者の娘にさ。それで、校門前でいきなり土下座されて、父親の居場所を教えてくれって言われた。アタシは本当に何も知らないのに。西井さんは何度も言うの、『血の繋がった唯一の家族なんだから、あの男はいつか雅ちゃんを頼る』って」

その情景は、私にもすぐ想像出来た。真っ黒なワンピース姿で、西井は何の躊躇いもなく膝を折ったのだろう。江永はどんな顔をして、彼女を見下ろしていたのだろうか。

制服姿の江永を思い浮かべると、何故か自分の高校時代の姿に勝手にすり替わった。紺色のプリーツスカート、ブレザー、首を締めるネクタイ、白いシャツ。その首から先が、黒く塗りつぶされている。彼女に目はない。彼女に口はない。のっぺらぼうの女子高生が、想像の世界で立ち尽くしている。彼女はひとりぼっちだった。

「連絡なんて、一度も来たことなかったのに。父親がどこにいるかなんて、アタシは知らない。今もどこかで隠れているのかもしれないし、或いは死んでるのかもしれない。アタシは本当に、何も知らない。だけど、周りはそう思ってない」

その最たる例が西井だ。彼女の悲痛な声を思い出し、私は目を伏せる。

「アタシが家を出てからも、西井さんはアタシの居場所を突き止めた。どこに行っても西井さんがやって来る。西井さんは良い人だよ。アタシを一度も責めたことがない。だけどアタシは、あの人に会いたくない。西井さんに会うたびに、アタシは自分があの男の子供だってことを自覚させられるの。アイツの手がアタシの身体を這いまわってたことを思い出して、記憶の中のアイツをぶっ殺してやりたくなる」

小皿の中のおひたしを、江永が箸先でぐちゃぐちゃに潰している。「クソだね」と私は言った。お粗末な相槌に、江永は目を潤《うる》ませた。

「クソだよ。生まれた瞬間から、全部クソだった。アタシ、何度も思った。アイツを殺しておけばよかったって。そしたら西井さんの家族だって殺されずに済んだのに。みんなさ、どうして家族なんてファンタジーを信じられるんだろう。明日、自分の親が誰かを殺したらどうするの。自分の子供が誰かを殺したら、どうするの。加害者の家族だとか言って色んな奴を中傷してる人たちは、自分の身内が絶対に人を殺さないって信じてるのかな。なんで血が繋がってるってだけで、いっしょくたにされるんだろう。分かんない。アタシには分かんないよ」

「私にも分からないよ、それは」

小学校に入学する頃、母親は私がいじめられないかばかりを心配していた。世の中の親というのは大抵そうだ。自分の子供が害を被らないかばかりを心配する。いじめられっ子になることは想定しても、いじめっ子になることは想定しない。

人間はとても簡単に、人間を傷付けることができることを私は知っている。悪意なんてなくたって、無邪気に誰かの人生を弄ぶ。大人も子供も同じ。どんな不幸も、他人事の内は単なる娯楽だ。

「江永は偉いよ」

私の言葉に、江永が強く洟を啜った。床に置かれたティッシュ箱を引き寄せ、盛大に洟をかむ。

「もっと褒めて」

「偉い。今、こうやって生きてるだけで偉い」

「知ってる」

無理やりに口角を上げ、江永は歪《いびつ》な笑顔を作った。缶をコタツに置き、彼女は私の作った卵焼きを皿ごと箸で引き寄せる。冷めてしまった卵焼きを一切れ口に含み、彼女はゆっくりと咀嚼した。

「宮田の卵焼き、本当美味しい」

「それは良かった」

「ねーねー、宮田はどうしてアタシを助けてくれたの？」

「何が？」

唐突に話が飛び、私は顔をしかめた。酔っ払った江永の頭の中では点と点が結びついた話題なのかもしれないが、そもそも何の話かが分からない。

「理由教えてよ」

「どのことを言ってるの？　むしろ、私の方が江永に聞きたい。なんで私を助けてくれたのか」

「はぁー？　アタシがいつ宮田を助けた？」

「家出した時、私をここに住まわせてくれたじゃん」

「アレは助けたんじゃないよ。宮田が飛んでなんたらのなんたらだっただけ」

「飛んで火にいる夏の虫？」

「そう、それ」

脚を伸ばし、江永が私の膝を蹴る。目を合わせると、江永は満足そうに自身の顎を突き出した。濡れたままの金髪を指に巻き付け、彼女は自慢げにそれを引っ張る。

「宮田さ、バイトが一緒になるまでアタシのこと認識してなかったでしょ」

「認識はしてたと思うけど。同じ学科だし」

「いや、してなかったね。というか、顔を覚えてなかった。アタシも髪の毛の色とかコロコロ変えてたし」

「江永ってずっと金髪じゃなかったの？」

「茶髪の時も黒の時もピンクの時もあったよ」

「ピンクの時は知ってるけど、確かに派手な髪色の人がいるとしか思ってなかった」

大学は高校と違って人数が多いから、全員の顔を覚えるなんてそもそも無理な話だ。木村のように語学の授業が同じ場合はまだ少人数だから記憶に残りやすいが、大人数の授業となると途端に顔を見る気力すらなくなる。

「宮田さ、最初の頃にアタシに聞いたじゃん。なんで前の仕事辞めたのって」

「覚えてるよ。ヤバイ客に首絞められて、殺されるかもって思って辞めたって」

「アレはね、本当の理由の半分だけ」

「半分って？」

「本当はもっと複雑なのよ、アタシの心は」

そう言って、江永は麦茶の入ったほうのグラスにどぼどぼとチューハイを注ぎだした。炭酸が煮出した茶色を薄める。グラスの容量を超えた液体は一瞬だけ表面張力で踏ん張ったが、すぐに溢れた。天板に零れだす茶色に、私は慌てて布巾を引っ張り出す。広い天板に、静かな海が出来る。江永が缶を傾けている間、海はずっと広がり続ける。皿と皿の間を、ゆっくりと侵食し続ける。

私は布巾でそれを堰《せ》き止めようとした。布は液体を受け止めたけれど、吸い込み切れなかった分が天板の下に流れ落ちた。溢れる液体がコタツ布団を茶色く染める。甘ったるい匂いが食卓に広がって、私の食欲を削ぎ落した。血の色みたいだった。

「酔っ払い」

たしなめる私に、江永は目を光で滲ませながらカラカラと笑った。コタツ布団だけでは飽き足らず、江永はラグまでびしょびしょにした。それでも満足しないのか、空になった缶を彼女は真下にして振り続けている。

「怒らないの？」

「何が」

「悪いことしたから。アタシのこと、嫌っていいよ」

「江永は私に嫌われたいの？」

「嫌われるなら早い方がいい。アタシの知らないところで、勝手にアタシを嫌わないで欲しい。宮田がアタシを見限る理由は、アタシがアタシの手で作りたい」

「私の考えを勝手に決めつけないで」

「でも、木村は切り捨てた」

「そりゃ刺されかけたらそうなるでしょ」

「アタシだって宇宙様を信じられたら良かったのに。そしたら多分、色んなものが楽なのに。なんでアタシには宇宙様の声が聞こえないんだろう、何度も何度も死にたかったのに。神様なんてどこにいんだよ。宇宙飛行士になったら会えるのかよ」

一体なんの話なんだ。皿を次々と左手で持ち上げながら、私は右手で天板を拭いていく。皿の底にくっついた水滴が、スタンプみたいに天板に茶色の輪を作った。江永は幼子のように、それを指先で引き伸ばした。

「アタシが客をとったのは、今年の一月が最後だった。真冬で、クソ寒かった。その頃には前の男はこの家を出てた。別れた理由は、アタシが男友達を家に入れて、そこにばったり出くわしちゃったとかそんな感じだった。向こうも浮気してた癖に、こっちが他の男とヤッてたら怒られた」

「江永はその彼氏が好きだったの」

「別に。そもそも、アレが彼氏だったのかも分からない。付き合ってくださいなんていちいち言わなかったし。どうでも良かったの。誰でも良かった。退屈を忘れさせてくれるなら、何でも」

　相槌を打ちながらも、私はコタツを拭く手を止めない。江永はしょぼしょぼと瞬きを繰り返しながら、何度も自分の手を閉じたり開いたりした。

「最後の客とは初対面だった。ＳＮＳでだけやり取りして、駅で会って、そのままホテルに行った。二十代くらいの男で、どこにでもいそうな普通の顔してた。そんで……途中で男が言い出したの」

「なんて？」

「『俺のこと、分かんないんだね』って。アタシの身体の上で、アタシの首に手を掛けて。『大山だよ』って。そこで初めてアタシも気付いた。母親の遺影を持ってテレビに出てた、あの時の大学生だって。コイツは、復讐するためにここにいるんだって」

　思わず、私は江永の首筋を見る。滑らかな肌だった。過去の痕なんて、一つも残っていない。

「首を絞められて、アタシはマジで殺されるんだと思った。やめて、助けてって言った。それでもやめてくれなくて、意識が飛んだ。頬を叩かれて目を覚ましたら、ソイツはまだアタシの上にいた。顔をぐちゃぐちゃにして泣きながらね、ソイツが言うの。『上乗せして払うからもう一回』って。『そしたら許せるようになる』って」

　しん、と部屋が静まり返る。江永は空になった缶をゴミ箱に向かって放り投げた。箱の縁にぶつかり、缶が軽やかな音を立てて床へと転がる。顔を真っ赤に火照《ほて》らせたまま、江永はびしょびしょのラグの上に大の字になった。洗ったばかりの髪が、床に溜まる液体を吸い込む。白のTシャツにも、グレーのスウェットにも、大きな染みが浮かび上がる。自身の金髪をわざと散らばせ、彼女は「オフィーリアごっこ」と強がるように笑った。冗談そのものよりも、江永がハムレットを知っていたことに私は驚いた。

「目を覚ました時には大山はもう部屋からいなくなってて、テーブルの上に金の入った封筒が置いてあった。きっちり上乗せされた金額が入ってた。それを見て、死にてぇってマジで思った。金を払われたら、アタシは被害者にもなれないのかって」

私は横たわる江永の身体を転がし、無理やりにその隙間にバスタオルを捻じ込んだ。江永の服も、ラグも、タオルも、酒のせいでぐじょぐじょだった。酔いがさめたら、江永に洗濯させよう。

私がラグを拭いている間、江永はくすぐったそうに笑っていた。私のTシャツの裾を引っ張りながら、彼女は言葉を続ける。

「朝の四時とか、それくらいにホテルから出て、始発まだだったから一人でとぼとぼ歩いて……。途中で気持ち悪くなっちゃって、トイレ借りようと思ってコンビニに行こうとしたら、何軒かあってさ。一番客が少なそうな店を選んだの。小さめの店を。だけど店内に入る前に一気に吐き気がきて、店の前で吐いちゃったのね。おえーって。間に合わなくて」

その情景を、私は知っている。饐《す》えた臭いが鼻の奥に蘇り、私は息を呑んだ。

あの日、深夜から早朝にかけて、私は堀口とシフトに入っていた。冷たさが頬に突き刺さる、やたらと寒い朝だった。コンビニのゴミ箱の前で黒髪の女が蹲《うずくま》り、それから吐いた。店内からそれを眺めていた堀口は大きく舌打ちし、「俺はやんないよ」と言った。酔っ払いが粗相することは珍しくなく、その処理を行うのは大抵私の役目だった。

　清掃道具を裏から取って来て、私は慌てて店外に出た。クレームが来るから早めに処理しなければとしか考えていなかった。私にとっては単なる日常の延長だったから、女のことはすぐに記憶から消え去った。今の今まで、忘れたことすら忘れていた。

「コンビニから宮田が出て来てさ、アタシに言ったの。『大丈夫ですよ』って。それ聞いた瞬間、なんか急に、自分は大丈夫なんだって思った。脳味噌が死んでたからかもしんない。宮田の大丈夫って台詞が、アタシの頭の中を乗っ取ったの。大丈夫なんだって思った。アタシは大丈夫だ、まだ生きてられるって」

　江永の台詞に、私は自分の頰がカッと熱を持つのが分かった。あの言葉は江永が思うような綺麗なものじゃない。私は江永を思い遣ったりしていない。江永の感じる恩は、江永の中だけにしか存在しない幻想だ。

「それは多分、こっちで掃除するからもうどっか行って大丈夫ですよって意味で言ったんだと思うけど」

　そう口早に言った私に、江永は軽く首を振った。

「そんなことは分かってる。でも、そんなことはどうでも良かったの。アタシが救われたって事実だけが大事でさ」

「だからウチのコンビニでバイトを始めたの？」

「そうだよ。でも、宮田はアタシのこと苦手に感じてるみたいだったから、話し掛けるのもしばらく遠慮してた。だけど急にそっちから話し掛けて来たから、アタシ、舞い上がってたでしょ。宮田のこと気に入ってるってポロッと言っちゃったし」

「アレはそういうことだったの」

「そうだよ。じゃなきゃアタシ、女に対して家に住んでいいとか言わない。宮田だったからだよ、言ったのは」

　身を起こし、江永が私と目線を合わせる。鼻から息を吸い込むと、ボディークリームの匂いと酒の臭いがぐちゃぐちゃに入り混じっていた。

「ん」と、江永が右手を差し出す。赤いネイルが、彼女の爪先でピカピカと無邪気に光っている。

「なに、この手」

「今の宮田なら、アタシと握手できるかなって」

　バスタオルを床に置き、私は恐る恐る江永の右手を握った。皮膚と皮膚が重なる感触。江永の手は柔らかく、冷たかった。「人間の手だ」と私は呟いた。私以外の人間は、こんな手をしていたのかと思った。

　江永がフッと口元を綻ばせる。

「そりゃ、犬の手ではないからね」

私はそのまま立ち上がり、江永の身体を引っ張り上げた。酒のせいで汚れた服を見下ろし、私はクイと浴室へ顎先を向ける。

「じゃ、酔っ払いはさっさとシャワー浴びてきて」

「急じゃない？」

「江永、さっきから全身が酒臭いんだよ。着替えてよ、ちゃんと」

「ハイハイ」

そのまま立ち去ろうとした江永の手を握ったまま、私は一瞬だけ力を込める。

「江永は人間だよ」

その瞬間、江永の唇が硬直した。はくりと息を呑む音が、間近に聞こえる。江永は私から手を離すと、自身の額を覆うように押さえた。顔を下げ、彼女は「はは」と小さく喉を震わせる。

「当たり前じゃん」

そう言って、江永は自身の前髪を掻き上げた。「こんな宇宙人がいてたまるかよ」と吠えるように笑いながら、江永は浴室へと消えていく。その後ろ姿が完全に見えなくなったのを確認し、私はその場に座り込んだ。右手を開くと、まだ江永の手の感触が残っていた。震えている自分の手がみっともなくて、私はその指先をぱくりと咥《くわ》える。人差し指の第一関節に歯を立てると、ギリリと骨が軋む感覚が伝わってきた。

私は江永に何かしてやれたんだろうか。足の裏には、濡れたバスタオルの感触が張り付いている。心臓は未だに早鐘を打っていて、私の鼓膜を忙しなく揺らしていた。口から指を引き抜き、私は肺に溜まった重苦しい空気を吐き出す。江永が死んでなくて良かった。そう思ってしまった自分自身に嘲笑する。

死を選ぶ自由だなんて、どの口が言ったんだ。私は私が死ぬのは許せるが、江永が死ぬのは許せない。他人を縛りたがる人間を私は一番嫌っていたはずなのに、それでも私は江永に生きて欲しいと思ってしまう。

これは私のエゴだ。だが、私はそのエゴを捨てるつもりはない。

汚れてしまったラグを拾い上げ、私は両腕で強く抱きしめる。酒と麦茶を吸ったラグからは、濡れた雑巾に似た生乾きの臭いがした。


その晩、珍しく夢を見た。巨大なイワナが、コンビニの入り口でつっかえている夢だった。イワナの癖に陸で息が出来るのだなぁと思っていたら、私の口からこぽこぽと泡が漏れた。イワナが陸にいるのではなく、コンビニが水中にあるのだった。

イワナは頭だけを外に出していて、肝心の身体は店内にぎゅうぎゅうに押し込まれていた。イワナが口を動かす度に、パクパクとエラが動く。その裂け目を覗き込むと、中には宇宙が広がっていた。指を突っ込むと、へどろみたいな宇宙色が私の皮膚に纏わりついた。星屑をまぶした指先を、私はイワナへ擦りつける。イワナの体表は生暖かく、柔らかかった。耳を押し付けると、その身体からは確かに生きている音がした。

私はイワナの胸ビレを掴み、綱引きの要領で手前に引っ張る。すると面白いほどにイワナの身体は前へと動いた。イワナの目はまん丸で、私が小学生の時に図鑑で見た日食に似ていた。黒の円を縁取る金色がきらきらと光っている。

胸ビレを引っ張り続けると、ついにイワナの身体がずるりと抜け出た。イワナは太陽を目指して泳いだ、水の満たされたまっさらな空を。巨大な体軀《たいく》が空を舞い、高く高く上がっていく。その黄金の体表には木漏れ日のような斑点が浮かび上がっていた。「待って」と反射的に私は口を開いたが、漏れたのは気泡だけだった。

振り返ると、コンビニの灯りは消えていた。真っ暗な店内に宇宙が充満している。散らばった星屑は液体となって、ドアの隙間から染み出してきた。お香のような、嗅いだことのある匂いがする。これは死だ、と私は唐突に理解した。宇宙と死は繋がっていて、いつだって私のすぐそばにあるのだ。

本能的な恐怖で、私は一歩後退りする。その時、世界が闇に包まれた。顔を上げると、地平線よりも大きなイワナがじっと私を見つめていた。あの美しい瞳は、この世界の月だったのだ。支離滅裂な世界のルールが、私の思考を見る間に塗り替えていく。私は私でいたいのに、自分でも気付かないうちに世界のルールに取り込まれている。

口から空気が零れる。酸素は徐々に減り、息をするのが難しくなる。ここで死ぬのは嫌だと思った。だって、あの子を一人にしておけない。白色のシャツの袖が、私の身体に纏わりつく。そこで、自分が高校生の頃の姿だったことに気が付いた。高校生の私は、「自分は世界で一番不幸だ」と叫ぼうとした。だが、それも全て泡となって消えてしまった。洗濯機に放り込まれて絡まった衣服みたいに、暗いと怖いと寂しいが一緒くたになっている。感情の濁流が私の身体を押し上げ、地面から浮上させた。クロールなんて出来ないはずなのに、夢の中の私は泳げてしまう。

闇を手で掻き分けながら、私はがむしゃらに手を伸ばした。細切れにされた自由が、イワナのエラから零れ落ちる。煌《きら》めく自由はガラス片の形をしていて、透き通るように光っていた。握り込むと、手の中が強く痛んだ。それでも私は手を離さなかった。いくら痛くても離してはいけないものがあると、知っていたから。

イワナの巨大な目が私を映す。生きる意志を漲《みなぎ》らせた、力強い瞳だった。

ゴン、と自分の腕が床にぶつかる音で目が覚めた。アラーム設定をしたスマホのボタンを押そうとして、思い切り手の骨を床にぶつけたのだ。じんじんと響く痛みに、私はしばらく布団の中で悶絶《もんぜつ》していた。そうこうしている内に微かに残っていた夢の痕跡は消えてしまい、夢を見たという実感だけが私の脳内にデカい顔をして居座っていた。

布団を身体から遠ざけ、強い意志を持って立ち上がる。二度寝をしたい欲求にも駆られたが、喉の渇きにはあっさりと敗北した。

欠伸を嚙み殺しながら、私は台所へと向かう。江永はまだ眠っているから、邪魔しないように足音を殺して移動した。冷蔵庫を開け、麦茶をグラスに注ぐ。食道を流れる冷たさが心地よく、私は思わず息を吐いた。あの後、江永はシャワーを浴びてそのまま眠ってしまった。相当に酔いが回っていたのは分かっていたから、私もそれを咎めなかった。

江永が起きて来たら、なんて声を掛けようか。ラグを汚したことは説教した方がいいかもしれない。酒に弱いんだから、江永は飲み方に気を付けた方がいい。だが、酒を飲んだことのない私が注意しても、江永は聞く耳を持たないかもしれない。

空き缶に水を注ぎ、軽く振って洗う。酒ってそんなに良いものなのだろうか。成人じゃない私には未知の存在だ。江永は一口くらい飲めばと言ってくるけれど、法律を犯してまで試したいとは思わない。それに、もうすぐ私だって二十歳だ。誕生日を迎えたら、堂々と酒が飲める年齢になる。

ゴトゴトと立て付けの悪い引き戸が動く音がして、私はすぐさま振り返った。寝ぼけまなこの江永が、寝間着姿で立っていた。彼女はTシャツの下から自身の腹を掻くと、くわっと大きく欠伸をした。ひどい寝ぐせだった。

「おはよ」

「おはよう。昨日自分が何やったか覚えてる？」

「ぼんやりと。ってか、頭痛い」

「二日酔いじゃん」

マグカップに水道水を注ぎ、江永へと手渡す。彼女は一気飲みすると、「ぶはぁ」と一気に息を吐き出した。

「生き返るぅ」

「とりあえず、コタツ布団の洗濯は手伝ってよね」

「オッケーオッケー。任せなさいって」

江永の受け答えが、普段通りであることにホッとする。座椅子の上に胡坐を掻いた江永に、私はボウル皿を取り出しながら尋ねる。

「江永もシリアル食べる？」

「食べる。四分目でいい」

「はいはい」

二人分の皿にシリアルを流し込み、その上から牛乳を注ぐ。木製のスプーンを雑に突っ込み、私は片方の皿を江永の前に置いた。酒を飲んだ翌日はいつも、江永はシリアルを食べたがる。

シリアルを奥歯で噛み潰しながら、私はテレビの電源を入れた。画面下に表示された九月十六日という日付を見て、そろそろ夏休みが終わることに気付く。大学の授業開始日は九月二十四日だった。

「引っ越そうかと思って」

唐突に切り出された台詞に、私はスプーンを取り落とした。それを見て、江永が嬉々として叫ぶ。

「匙《さじ》は投げられた！」

「賽《さい》ね」

スプーンを持ち直し、私はシリアルを口に運んだ。咀嚼する度に、耳のすぐそばでゴリゴリとシリアルが粉砕される音が聞こえる。

「引っ越しって、急だね」

「西井さんに住所がバレたら引っ越すって決めてるの」

「関東に来てからも引っ越したことある？」

「あるよ。東京からこっちに」

「あー……」

私は家の中を見回す。２ＤＫのこの部屋は、一人で住むには広すぎる。誰かと住むことを前提にしたアパートだ。

江永はもう、一人で生きていくと決めたのだろうか。江永が家を探すなら、私も新しい住みかを見付けなければならない。いつまでも江永の厚意に甘えるのは許されないのかもしれない。

「まぁ、いいんじゃない。どこら辺に住みたいとかあるの」

声がしんみりとしたものにならないように気を付ける。こちらの心情なんて全く察していないようで、江永は能天気に笑っていた。或いは、わざと能天気を装っているのか。

「大学に通いやすいところがいいよね。あと、バイト先は変えたくない」

「それはそうだね」

「コンビニとスーパーが近いとこがいい。ドラッグストアがあったら無敵なんだけどさ。化粧品とか買うのだるいし」

「分かる」

「後はさ、アタシ、パン屋が近いところがいいな。パン屋とケーキ屋。人生が豊かになるツートップだよ。宮田は近所にあったらいいなって思う店ある？」

「うーん、本屋とか？」

「映画館も欲しくない？　美味い飲み屋も欲しい。定食屋とかもあったらいいよね。服買うところも欲しいし」

「欲張り過ぎじゃない？」

「いいじゃん、夢くらい見てもさ。家賃は今と同じくらいがいいな。相変わらずぼろいとこに住むことになると思うけど、宮田は気になんないよね？」

「え？」

さも当然と言った態度で尋ねられ、つい反応が遅れてしまった。江永が呆れ顔でこちらを見る。その頬に、ぽつんと一つ赤いニキビを見付けた。外に出る時にはファンデーションで隠されてしまう、小さなニキビだった。

「何その反応。宮田も一緒に住むでしょ？」

「いいの？」

「いいのって言うか、そうじゃないと困る。一人より二人の方が安上がりだし」

「私、家探しとか初めて」

「ま、目標は２０２０年かな。とりあえず、大学卒業までルームシェアしよ。来年は凄い年になるよ！　オリンピックに、引っ越しに」

「そこ、同列に並べちゃうんだ」

「何言ってんの。オリンピックより引っ越しの方が大事じゃん」

「確かにね」

アハッ、と喉の奥が弾けた。なんだか可笑しくて仕方がなかった。込み上げる笑いが、私の身体を内側からくすぐっている。身体をくの字に曲げ、私は笑い続けた。「そこまで笑う？」と江永が片頬を引っ張るようにして頬杖を突く。

私達にとって、オリンピックより今日の生活の方がよっぽど重要だ。今日を生き抜くことが出来なければ、未来を夢見ることすらできない。

もしも怪我をしたら。もしも病気になったら。もしも、私が働けなくなったら。悪い可能性を、私は無理やりに頭から追い払う。そんなものは今考えても仕方がない。

「あ、あとラーメン屋も欲しい」

思い出したように告げる江永に、私は「ピザ屋も」と付け加えた。本当はピザ屋がなくたって困ることはないのだけれど、あったらちょっと嬉しくなる。

世の中には娯楽や嗜好品が溢れていて、それらのほとんどは生活に不可欠というわけではない。ピザやラーメン、本や映画が無くなっても、世界はきっと回っていくだろう。だけどそれでも、あったら嬉しいの気持ちは世界には不可欠だと思う。

食べ終えた皿を手に、私は流し台へと立つ。江永は床に落ちた手鏡を引き寄せ、「最悪だ」と言った。多分、ニキビを見付けたのだろう。私は思わず苦笑する。

「家にマスクあったっけ」と江永が声を張り上げて尋ねた。

「一箱くらいはあるけど。何に使うの」

「こっからさらにニキビ大きくなったら、マスクで隠そうかと思って」

「ニキビも世界を見たいと思ってるよ」

「マジィ？　じゃ、今日はつけないでおこ。ほーら、ニキビ。これが牛乳だぞ、見れて良かったなー」

「台詞だけ聞くとヤバイね」

「宮田が言い出したのに」

二人は一瞬だけ押し黙り、それからゲラゲラと笑い出した。くだらないやりとりだ。無駄の極みのような、この世界には不必要な会話。

だけど私が今日を生き延びるには、この無駄な会話が必要だった。


バイト中の宣言通り、堀口は確かに誕生日のシフトを代わってくれた。そこまでは良かった。しかし堀口の代わりに入ったシフトが誕生日前日の午後の五時間だったので、結局私は店長と共に十九歳最後の昼下がりを過ごすこととなった。これってどうなんだろうと思いつつ、私は今日もレジ前に立つ。

店長は私と堀口に特に優しい。恐らく、シフトにたくさん入れるからだろう。木村が辞めた分のシフトも全て私が埋めている。基本的に、私はバイトを休みたくない。一日の休みが、一日の貧困に直結するから。

深夜にはほとんど客のいないコンビニだが、明るい時間帯にはそこそこ繁盛している。流れ作業のように客を捌き、入荷した商品を棚に並べる。発注は店長が行っていて、よく本部の要望と売り上げの間で板挟みになっている。

私が卒業したら、このコンビニはどうなるのだろう。商品のバーコードを読み取りながらも、私は思考を続ける。仕事内容は身体が覚えているため、手と口は淀みなく動いた。お菓子を買いに来た学生を見送り、私は「次のお客様ー」と定型文を口にした。

「これと、キャス一箱」

視界に入った買い物カゴには、プリペイドカードが三枚入っていた。わざわざカゴに入れる必要はあるのだろうか。

「タバコの注文は番号で――」

お願いします、という言葉は出なかった。そこに立っていたのが、私の母親だったから。

「キャス、一箱」

そう、母親は同じ言葉を繰り返した。動揺して、私はカゴを取り落とす。心臓が強く跳ねた。頭の中がぐわんぐわんとねじ曲がり始めて、私は咄嗟に店長を見る。キーンと音叉《おんさ》のような耳鳴りがした。耳の中に水が入り込んだ時みたいに、何もかもがくぐもって聞こえる。

店長は私の異変に気付き、すぐさま接客を代わってくれた。私は慌ててトイレに駆け込み、便器の前で口を開けた。何度えずいても、胃の中身が出てこない。和式トイレに落ちたのは、額から滲んだ汗だけだった。

このコンビニは実家の生活圏内にある。今まで母親と遭遇しなかったことの方が奇跡みたいなものだったのだ。レジカウンター前に立つ母親の顔を思い出そうとして、自分の中に一切の記憶がないことに驚く。秋めいた茶色のカットソーのデザインは鮮明に覚えているのに。あの時、私は一度も母親の顔を見られなかった。

腕時計で、きっかり五分。時間が経ったことを確認して、私は恐る恐るトイレを出た。その頃には母親の姿は既になく、狭い店内は日常の姿を取り戻していた。

「すみません、さっきは」

頭を下げた私に、店長は心配そうに眉根を寄せた。

「それより、体調は大丈夫？」

「はい。もう平気です。さっきの人、何か言ってましたか」

「何も言ってなかったけど。もしかして知り合いとか？」

「いえ、それならいいんです」

深呼吸しているうちに、耳鳴りも治った。尚も心配する店長に向かって、私は「大丈夫です」と接客用の笑みを見せる。今日のシフトは午後一時から六時まで。残り二時間くらい乗り越えられるだろう。店長は不安そうにこちらを見ていたが、それ以上質問することはなかった。その態度が彼なりの優しさなのか、それとも面倒事を避けようとしているのかは判断に困るところだった。

そして結果的に言うと、その日の私は全く大丈夫ではなかった。業務内容は身体に染み付いているから上の空でもこなせたが、初歩的なミスを二度もした。ストローと割り箸を、スプーンとフォークを入れ間違えた。客がすぐに気付いたから良かったものの、危うく常連客にストローで弁当を食べさせるところだった。

溜息を吐きながら、自動ドアをくぐって外に出る。バイトを終え、コンビニを出たのは十八時を少し過ぎたころだった。

信号が赤から青に変わるのを、横断歩道の前で待つ。じっとしているとふつふつと陰鬱な感情が湧き上がってきて、それを掻き消そうと私は強く頬を拭う。皮膚が擦れ、ヒリヒリと痛い。だけど、何かを考えるくらいなら痛い方がずっとマシだ。

「陽彩」

背後から聞こえた声に、足が地面に縫い付けられた。視界の隅で信号が赤から青に切り替わる。流れる音楽が私に前進せよと促している。だけど私は動かない。動けない。

「陽彩、待って」

肩に掛かる手の体温が、明確に感じ取れる。近付いて来る足音、踵をぶつけるような歩き方。首を動かし、私はゆっくりと振り返る。手入れの行き届いた彼女の美しい指と指の間に、白い煙草が挟まっている。立ち上る煙が、風にのって巻き上がる。鼻奥に刺さる煙草独特の臭いに、私は思わず眉間に皺を寄せた。あぁ、また耳鳴りがひどい。上手く音が聞こえない。

「お母さん、なんでここに」

単なる事実確認のつもりだったのに、自然と責めるような口調になった。肩に置かれた手を振り払うと、母親は自身の左手をすぐさま引っ込めた。目の前に立つ母親は、私の記憶とほとんど変わりなかった。茶色に染められた髪も、エナメルの白のパンプスも、私が見慣れたものだった。唯一違うのは、右手にある煙草だけだ。彼女は喫煙者じゃなかったのに。煙草の臭いに掻き消されて、前までの母親の匂いが思い出せない。

ねぇ、その煙草は恋人の影響？　本当に聞きたいことを、私はいつだって声に出せない。

「陽彩が仕事終わるの、待ってたの」

そう言って、母親は弱々しく微笑んだ。

「私がここでバイトしてたの、前から知ってた？」

「タンスを捨てたら裏から給与明細が出てきて、それで」

二の腕を擦り、私は顔を逸らした。母親はいつから私を待っていたのだろう。コンビニに来て、煙草を注文したのは何故だったのだろう。普通の客を装った癖に、店長ではなく私のレジを選んだ理由は。

　湧き上がる疑問が頭の中でぐるぐると駆け回っている。それなのに、喉が動かなかった。目線が下がる。頭が重い。

「お母さん、陽彩に謝りたくて」

　ベージュのストッキングに包まれた母親の足首ばかりが、私の目に映っている。顔を上げる勇気が出なくて、私は肩から下げたショルダーバッグをぎゅっときつく抱きしめた。止めてくれよと思った。私の平穏に、土足で踏み入らないでくれ。

「ずっとね、陽彩に甘えてた。ごめんね、ひどい母親で。こんな私をどうか許して欲しい。このまま陽彩と一生他人のままだなんて、耐えられない。だって、貴方は私の子なんだもの」

　感傷がこれでもかというくらいに塗りたくられた声だった。自分の心をコーティングしていた強がりのメッキが、ボロボロと剝がれ落ちるのを感じる。そこから顔を出したのは、濃縮した罪悪感だった。そんなものはとっくの昔に捨てたと思っていたのに。

　純白のスカートを揺らし、母は美しい呪詛《じゅそ》を吐く。

「愛してるわ、陽彩」

　額から汗が噴き出す。毎朝の思い出が、急速にフラッシュバックした。頭を撫でる母の手の感触。優しい声。抽出された記憶が、私の脚を揺さぶる。悪いことばかりじゃなかったなんて、そんなことは私が一番よく知っている。

あぁ、どうして家を出たあの日、私は電話することにしたんだったか。直接会って話してしまったら、自分の決意が揺らいでしまうと私は薄々気が付いていたのではなかったか。私は母を愛していないわけじゃない。この人が可哀想な人だって知ってる。この人が悪いだけの人じゃないことも、この人が私を愛していたことも、全部知ってる。

脳に根を張る常識が、私に許せと言っていた。だって、この人は家族だから。この人は私を愛しているから。この人は、この人は――愛されてたら、子供はなんでも許さなきゃいけないわけ。

思考の声が、気付けば木村のそれにすり替わる。記憶の中の木村が、観察者の眼差しで私を見つめている。「信じてたのに！」と罵る木村の声が、私のくぐもった耳奥に風穴を開けた。

「嫌だ」

明瞭な拒絶が口から飛び出た。母親がたじろいだように息を呑む。

「嫌だ！」

声に出した途端、迷子だった自分の気持ちが舌の上に返ってきた。輪郭を失っていた感情が、ゆっくりと形を持ち始める。そうだ、私は嫌だったんだ。ずっとずっと、母親に翻弄《ほんろう》されることが。

「お母さん」

呼びかけると、母は潤んだ両目でこちらを見つめた。何か言いたげに動く彼女の唇を、私は自分が口を開くことで制した。

「私はお母さんを一生許さないし、お母さんも私を一生許さなくていい」

私は、母の愛を疑いはしていない。彼女は私を愛していた。そんなことは分かっている。だが、それが何だというのだろう。愛情は、全てを帳消しにする魔法じゃない。

私は自身の手を握り締める。一度目の別れは電話越しだった。一方的に言い捨てたのは、母の顔を見るのが怖かったから。可哀想だと同情してしまいそうになる、自分自身が恐ろしかったから。

そして今、二度目の機会がやって来た。私にはもう、居場所がある。逃げ場がないことを見透かされて、都合よく扱われるのはうんざりだ。

「私、家族辞めるよ」

信号機が点滅し、青色の光が赤色に変わる。母親は何かを言おうとした。だけどそれより先に、私は横断歩道に飛び出した。近付く車は見えていた。ぶつかるかもしれないと思った。だけどそれより先に、その道を越える自信があった。

スニーカーの底が、白線を蹴る。車のけたたましいクラクション音。車がブレーキをかけるよりも先に、私は横断歩道を渡り終えていた。母親の声が遠くから聞こえるが、そんなのどうだって良かった。私はとにかく、今すぐここから走り去りたかった。話を聞いているうちに丸め込まれてしまう、自分の弱さを知っていたから。

両腕を大きく振り、走る、走る。全力疾走なんて、高校の体力測定以来だ。空気を吸う度に、肺が震える。上下する肩が、私の呼吸を荒くした。

相手とちゃんと向き合えていない、そう指摘されたら私はきっと否定できない。だけど、それが何だよと心の奥底では思っている。関係を断ち切ることの何が悪い。

私は、私の人生を生きたい。

熱くなる目頭を無視して、私はがむしゃらに走り続けた。外灯から溢れる光を、自分の手の中に閉じ込める。爪が手の平に食い込み痛みが走る。それでも、私は決して手を開かなかった。


「うおっ、帰ってたの」

パチン、と台所の電気を点ける音が聞こえた。ラグに寝そべっていた私は、もぞもぞと身を起こす。帰宅したばかりの江永は寝そべる私を見るなり、呆れたように目を細めた。マスクをしているせいで、その顔はよく見えない。まだニキビを気にしているのかと、私は少し可笑しくなった。

江永の手には巨大な紙袋が提げられている。彼女は今日、服を買いに一人で隣町まで出掛けていた。

「電気消して何してたの」

「いや、色々あって疲れてたから、そのまま寝ちゃって」

「バイトでなんかあった？」

「割り箸とストローを間違えて客に渡した」

「それはどんまい」

ケラケラと笑いながら、江永は冷蔵庫を開けた。中から水を取り出し、彼女は二人分のカルピスを作る。透明なグラスの中で、銀色のスプーンがクルクルと踊っていた。

「まぁまぁ、飲みたまえよ」

「ありがたい」

手を伸ばし、私はグラスを自分の近くに引き寄せる。氷が入っているせいか、その表面はいやに冷たい。

「買い物、マスクつけて行ったの」

「だって、ニキビ悪化してんだもん。黄ニキビだよ、膿《うみ》みたいなのが溜まっててさ」

「潰せば？」

「やだよ、痕が残るじゃん。今は忍耐の時なの」

「すぐに外せる日が来るよ」

「だといいけどね」

江永はマスクの縁に指を引っ掛けると、そのまま下にずらした。彼女の言葉通り、頬に出来たニキビが痛々しいことになっている。

「明日どうする？　外食する？」

「なんで？」

「なんでって、宮田、誕生日じゃん。お祝いしないと」

「別に特別なことしなくていいよ」

「ダメダメ。アタシが祝いたいから」

あっさりとそう言って、江永はスプーンを口に咥えた。持ち手の方を上下させ、彼女はチンとグラスの縁を叩いた。犬の一芸みたいだな、と私は思った。

グラスを持ち上げ、口を付ける。割る水の量が少なかったのか、ねっとりとした甘さが舌に絡みつく。私は脚を伸ばし、足の親指と人さし指を開いたり閉じたりした。どう言葉にしようかと逡巡し、結局頭を使わず口にした。

「今日さ、母親に会った」

カラン、と江永の口からスプーンが落ちた。彼女はわざとらしく睫毛を上下させ、それからぎゅっと唇をすぼめて見せた。

「それ、どういう顔」

「アタシなりの神妙な顔」

「いや、絶対違うでしょ」

ふふ、と思わず笑いが漏れる。江永のこういうところに、私は何度も救われている。

「許してくれって言われてさ、許さないって言った。私、ひどい娘だと思う？」

「だとしたら、向こうはひどい親じゃん」

「そりゃそうか」

「許すかどうかの選択は、宮田がしていいんだよ。空気とか社会とかが宮田に謝れって言ったって、宮田はそれを無視していい。怒り続けてもいいし、悲しみ続けてもいい。何を選ぶかは、宮田の持ってる権利だから」

滔々と語られた言葉に、私は目を瞠《みは》った。

「良いこと言うじゃん」

「アタシが言われたかった言葉だからね」

そう言って、江永は少し照れたように肩を竦めた。髪の毛を指先に巻き付け、彼女は上目遣いにこちらを見る。

「十二時ピッタリにさ、コンビニ行こうよ。今日の夜のシフト、堀口でしょ」

「行って何すんの」

「宮田が酒を買う。二十歳記念に」

口角を上げ、江永はグラスの中身を一気に飲み干した。自身の髪を後ろに引っ張り、彼女は高い位置で一つに結った。ウェーブの掛かった金髪の毛先は実った稲穂を連想させる。カラー剤で傷んだ彼女の髪はキシキシしてるし、枝毛だって混じっている。だけど私は傷みを隠さない江永の髪が結構好きだったりする。

睫毛に縁取られた江永の瞳が、思い出したように小さく跳ねる。彼女は首を捻り、「そういえば」とトイレの方を指さした。

「芳香剤、もう切れてたよ」

「マジで？　気付かなかった」

バイトから帰宅した後にトイレに行ったはずなのに、違和感すら抱かなかった。以前の自分ならあり得ない見落としだ。狭い空間を濃い匂いで塗り替えないと、どうにも心が落ち着かなかったから。

「宮田の鼻も、そろそろ慣れて来たんじゃない？」

そう言って、江永は自身の鼻を軽く摘まんだ。

「何に」

「アタシの匂いに」

「なにそれ」と私は笑った。気分はもう軽かった。


真夜中、時刻は午後十一時五十九分。私と江永は買い物カゴを手にしたまま、レジの様子を窺っていた。コンビニには相変わらず他の客はおらず、私と江永の貸し切りだ。

レジカウンターでは堀口がニヤニヤしながらこちらを見ている。彼は自身の手首を軽く掲げ、腕時計の文字盤を指で叩いた。秒針が動き、短い針と長い針がピタリと重なる。スマホ画面には、00：00と大きく数字が表示された。

酒缶の入ったカゴをカウンターに載せると、堀口は口端を釣り上げた。酒缶のバーコードを読み取ると、レジ画面が勝手に切り替わる。

「年齢確認商品です。お手数ですが、画面をタッチしてください」

流れるアナウンスと共に、『あなたは二十歳以上ですか？』という文字が表示される。その問いの下には、見慣れた『はい』のボタンがある。

堀口が軽く身を乗り出した。

「恐れ入りますが、身分証のご提示をお願いしてもよろしいでしょうか」

わざとらしいくらいに丁寧な口調だった。私は財布から大学の学生証を取り出す。堀口は勿体ぶった仕草でそれに目を通し、ゆっくりと首を縦に振った。

「ありがとうございます。それでは画面を押してください」

指示に従い、私はゆっくりと画面に触れる。ボタンを押した瞬間、画面はあっけなく切り替わった。

酒缶をいくつかとおつまみ、それから江永が勝手に入れたアイスバー二つ。それらの金額を共用財布から支払い、私は商品を受け取った。店員としての態度を崩さなかった堀口は、袋を手渡す時だけ砕けた口調になった。

「飲むのは家に帰ってからにしなよ」

「子供扱いしないでくださいよ」

「そうだね。もう宮田ちゃんは大人だ」

誕生日おめでとう、と堀口は歯を見せて笑った。普段は捻くれた感想しか浮かばないのに、今日は何故だか素直にその祝福を受け入れられた。

隣にいた江永が、ずいと顔を突き出してくる。

「宮田ももう二十歳じゃん。なんでもできちゃうよ、イエーイ」

「もう酔ってんの？」

「いやいや、これがアタシの通常運転だから」

マスク越しにでも江永が大笑いしていることが分かる。それを見ているだけで、私にまで笑いが伝染した。むずむずと胸を震わせるこの感情の正体は、喜びだ。二十歳になることが嬉しいんじゃない。今という瞬間を、江永と共有できることが嬉しかった。

その時、ポコンとスマホが短く鳴った。ポケットから取り出すと、画面に表示されていたのは父親からのメッセージだった。『誕生日おめでとう』というシンプルな文章を、私は無視した。応えないことが答えだった。

スマホを再び仕舞った私に、江永がニヤリと唇を三日月形に歪める。

「殺しに行く？」

「それもいいかもね」

私と江永は目と目を見合わせ、どちらからともなく笑い合った。先ほどの台詞が冗談であることは、互いに分かり切っていた。そんなことができるとは思っていないし、したって私たちは救われない。だけど、それを言わないでいられるだけの寛大さを、私達は持っていなかった。

燻《くすぶ》る憎しみは、そう簡単には消えてくれない。だが、それから目を逸らす強《したた》かさを、私は手に入れつつあった。傷だらけの過去を凝視し続けるには、人生はあまりに長すぎる。

「物騒なこと言ってないで、二人共気を付けて帰るんだよ」

「はーい」

珍しくまともなことを言う堀口に、私と江永は素直に返事をした。当然のように使われた『帰る』という言葉が、私の胸を高鳴らせた。

蛍光灯の光の下で江永の金髪が煌めいている。こちらを振り返り、彼女はどこか誇らしげに言った。

「じゃ、帰りますか、我が家に」

透明な自動ドアを抜けて、私達は帰路につく。鼻から息を吸い込むと、まっさらな夜の匂いがひたひたと肺に満ちていった。鼓膜を揺さぶる夜風の声に、私は耳を傾ける。

世界に響き渡る二人分の足音が、私が孤独でないことを密かに教えてくれていた。

装画　雪下まゆ
装丁　岡本歌織（next door design）

本書は「小説現代」二〇二〇年八月号に掲載されました。

武田綾乃

たけだ・あやの

1992年京都府生まれ。第8回日本ラブストーリー大賞最終候補作に選ばれた『今日、きみと息をする。』が2013年に出版されデビュー。『響け！ ユーフォニアム 北宇治高校吹奏楽部へようこそ』がテレビアニメ化され話題に。同シリーズは映画化、コミカライズなどもされ人気を博している。2019年、『その日、朱音は空を飛んだ』で第40回吉川英治文学新人賞候補。その他の著作に、「君と漕ぐ」シリーズ、『青い春を数えて』『石黒くんに春は来ない』『どうぞ愛をお叫びください』がある。

愛《あい》されなくても別《べつ》に

二〇二〇年八月二十四日　第一刷発行
二〇二〇年十月　六　日　第三刷発行

著　者　武田綾乃《たけだ・あやの》

発行者　渡瀬昌彦
発行所　株式会社講談社
〒一一二—八〇〇一
東京都文京区音羽二—一二—二一
電話　出版　〇三—五三九五—三五〇五
販売　〇三—五三九五—五八一七
業務　〇三—五三九五—三六一五

本文データ制作　講談社デジタル製作
印刷所　豊国印刷株式会社
製本所　株式会社国宝社

定価はカバーに表示してあります。
落丁本・乱丁本は購入書店名を明記のうえ、小社業務宛にお送りください。送料小社負担にてお取り替えいたします。なお、この本についてのお問い合わせは、文芸第二出版部宛にお願いいたします。本書のコピー、スキャン、デジタル化等の無断複製は著作権法上での例外を除き禁じられています。本書を代行業者等の第三者に依頼してスキャンやデジタル化することは、たとえ個人や家庭内の利用でも著作権法違反です。

©Ayano Takeda 2020
Printed in Japan　ISBN 978-4-06-520578-5
N.D.C.913　286p　19cm